KB096979

옷이 나를 입은 어느 날

옷이 나를 입은 어느 날

초판 1쇄 발행 | 2006년 11월 1일
3쇄 발행 | 2010년 1월 15일
지은이 | 임태희
만든이 | 이창섭 여은영 이향란 신옥경
펴낸이 | 최윤정
펴낸곳 | 바람의 아이들
등록 | 2003년 7월 11일(제312-2003-38호)
주소 | 110-260 서울시 종로구 가회동 1-134
전화 | (02)3142-0495 팩스 | (02)3142-0494
이메일 | windchild04@hanmail.net

ISBN 978-89-90878-35-9 43810
978-89-90878-04-5 (세트)

옷이 나를 입은 어느 날

임태희 지음

바람의아이들

차례

1

어느 날 아침 눈을 떠 보니 옷이 나를 입고 있었다

살다 보면 무언가 조금 뒤바뀌거나 아주아주 약간 틀어지는 그런 날이 하루쯤 찾아온다. 그 뒤바뀜, 혹은 틀어짐은 세상을 한꺼번에 확 뒤엎을 만큼 획기적인 양이 아니라 그저 바퀴벌레의 눈물보다는 조금 많은, 무해한 양이다.

그래서인지 그것을 눈치채는 사람은 매우 드물다. 특히 그가 커다란 우주 곳곳에서 일어나고 있는 갖가지 믿기 어려운 일들을 절대로 믿지 않겠다고 다짐한 사람이거나, 늘 바쁘다는 말을 입에 달고 다니는 사람, 혹은 어떤 충격으로 모든 감각이 무디어진 가여운 사람 중 어느 하나에 해당된다면 가능성은 그야말로 희박해진다.

하지만 그가 앞서 말한 그 어느 유형의 사람에도 속하지 않는다고 해서 장애물이 모두 소거된 것은 아니다. 세상은 그리 만만한 곳이 아니기 때문이다. 그것이 일어난 날이 하필 수학 쪽지 시험이 있는 날이어서 지나치게 긴장하거나, 역사 수업이 세 시간 연속으로 있는 날이어서 흐물흐물 느슨해져 버리거나, 새벽 한 시까지 종합 학원에서 과외를 받고 녹초가 되어 버리는 일이 그의 일상생활에서 흔히 벌어지고 있으니까. 미처 그 미묘한 변화를 알아채지 못하기도 하는 것이다. 내게는 이런 일들이 심심찮게 일어나고 있으니 그 뒤바뀜 혹은 틀어짐이 내 다리를 걸어 넘어뜨린대도 난 영문도 모른 채 까진 무릎이나 하염없이 내려다보는 게 고작일 터였다.

그런데 오늘 아침엔 좀 달랐다.

난 이불 속에 푹 파묻혀 식은땀을 뻘뻘 흘리며 자고 있었다.

'지금쯤 엄마가 문을 벌컥 열고 들어와 귀가 따갑도록 잔소리를 퍼부어야 정상인데…… 이대로 하루 종일 잠만 잤으면 좋겠다.'

나는 불안해하면서도 좀 더 자려는 욕심으로 이불을 더욱 꼭 끌어안았다. 그때 문득 원인 모를 갑갑함이 온몸을 감쌌다. 땀으로 범벅이 된 몸을…… 해녀복을 입으면 꼭 이런 느낌일 것 같았다.

해녀복을 입어 본 적은 없지만.

나는 일렁이는 산호초 사이를 헤엄치는 모습을 상상하며 그것이 꿈으로 이어지길 바랐다. 그러나 바다 속에서 숨을 참는 것은 한계가 있었다.

나는 새파랗게 질려 물 속을 허우적거리다가 눈을 번쩍 떴다.

살았다!

침대에서 몸을 일으켜 세우자마자 습관처럼 거울로 눈길이 갔다. 책상 뒷벽에 걸어 둔 동그란 거울로. 그 거울에 비친 폭탄 머리 여자 아이가 다름 아닌 나라는 사실을 깨닫기까지 한참이 걸렸다. 난 거울 속의 나를 보고 낮게 신음을 뱉었다.

'교복을 입은 채 잠들었군.'

어젯밤 나는 이랬다.

방에 들어서자마자 한 번, "다 귀찮아."

가방을 벗어던지며 또 한 번, "다 귀찮아."

밑동을 베인 나무처럼 침대 위로 쓰러지며 다시 한 번,

"다 귀찮아."

그러고는 그대로 잠이 들었다.

그랬다. 어제는 모든 게 귀찮았다.

어제 난 학교가 끝나자마자 곧장 독서실에 가야 했다.

독서실 총무가 시간 체크기에 내 카드를 집어넣으면 '짤깍' 하고 시간이 찍혔다. 내가 몇 시, 몇 분, 몇 초에 독서실에 들어오고 나가는지 기록하는 것이다. 하지만 그런 건 아무도 안 무서워했다. 총무를 잘만 구워삶으면 얼마든지 조작이 가능하니까. 정말 무서운 것은 감시 카메라였다. 그것은 인터넷으로 각 가정에 실시간 방영되고 있었다. 물론 엄마는 방송 수신 프로그램을 설치할 줄 몰라서 못 봤지만 원하면 독서실에 들러 언제든 녹화 테이프를 확인해 볼 수 있는 것이다. 이중, 삼중으로 족쇄를 채우는 꼴이었다.

하지만 독서실 운영자나 엄마가 모르는 게 하나 있다. 그건, '교복만큼 확실한 족쇄는 없다' 는 것이다. 난 쓸데없이 교복을 입고 돌아다니는 게 세상 무엇보다도 싫다. 이유는…… 그냥, 창피해서다. 그러니까 내가 어제 꼼짝없이 독서실 안에 갇혀 있어야 했던 것도 따지고 보면 순전히 교복 때문이었다.

밥 때가 되면 나는 어두운 비상계단을 통해 살금살금 아래층으로 내려갔다. 독서실 건물 1층에 편의점이 있었다. 거기서 컵라면과 삼각김밥을 꾸역꾸역 먹어 치웠다. 그러고는 사람들 눈에 띌세라 다시 독서실로 숨어들었다. 관처럼 짜여진 책상 칸막이 안에 들어앉아야 안심이 됐다. 지명 수배자라도 이렇게 살지는 않을 것 같다.

공부에 대한 나의 뜨거운 열정을 독서실 스탠드에 죄다 빼앗기고 있는 것이 틀림없었다. 어두컴컴한 독서실 안을 오롯이 밝히는 그 스탠드 빛. 그 빛을 쪼이기만 하면 난 최면에 빠져드는 기분으로 꾸벅꾸벅 졸게 된다. 잠을 좀 깨 보려고 라디오를 듣지만 딱히 효과를 기대하는 건 아니다. 집으로 돌아갈 때쯤이면 스탠드 혼자 뜨겁게 열을 올리고 있다. 나는 이마에 빨갛게 눌린 자국이 없어질 때까지 스탠드 불빛을 바라보며 멍청히 앉아 있다가 집으로 돌아온다. 아무것도 모르는 엄마는 그런 내 얼굴을 대견하게 바라보며 맞이한다. 무슨 큰일이라도 하고 온 사람처럼 말이다. 그럴 땐 좀 찔린다.

하지만 찔려도 어쩔 수 없다. 나는 어제처럼 모든 것을 귀찮아하며 쓰러져 잠들거나, 어떻게 해서든지 잠들기 전에 뭔가 보람된 일을 하려고 발악한다. 보람된 일이래야 봤자 인터넷으로 아이쇼핑이나 즐기는 게 고작이지만. 그나마 그거라도 하고 자는 날은 좀 덜 억울하다. 피곤해 곧 죽을 것 같아도 내 몸을 자게 내버려두지 않고 딴짓을 하는 거다. 한 가지 일만 하며 청춘을 보내는 건 아까웠으니까.

어쨌거나 어제는 갔고 오늘이 밝았다.

'오늘' 이라니…… 오늘이라고 다를 게 뭐 있겠어? 그리고 또 내일……

몸서리가 쳐졌다.

나는 잠이 덜 깬 상태로 비틀거리며 일어섰다. 좀 더 제대로 거울을 들여다보고 싶었다.

엉망으로 구겨진 세일러풍 교복과 평범한 눈, 코, 입, 그리고 (볼 때마다 신경이 쓰이는) 코 언저리의 작은 여드름 하나까지도…… 모든 것이 어제와 똑같아 보였다. 참아 줄 수가 없었다.

끼약!

하마터면 바로 그렇게 비명을 내지를 뻔했다. 정말이지 끔찍이도 갑갑했다.

하지만 난 이렇게 중얼거리는 것으로 비명을 지르고 싶은 욕구를 대신했다.

"이런, 세상에! 교복이 나를 입고 있잖아."

이 말을 해 놓고 나는 멋쩍어서 뒤통수를 긁적였다. 이때부터 생각이 사뭇 괴이한 방향으로 치닫기 시작했다. 나는 곧 깨달았다. 무언가 조금 뒤바뀌거나 아주아주 약간 틀어진 날이 내게도 찾아온 것임을. 지금 내 몸을 옥죄는 '이것' 은 뒤바뀜 혹은 틀어짐이 전하는 '기묘한 속삭임' 이라고. 그 녀석은, 온종일 내 주위를 파리처럼 맴돌며 고자질하고 비아냥대고 시시덕거릴 것을 예고하고 있는 거라고.

나는 사사건건 내 인생에 끼어들 그 녀석을 내버려 두기로 했다. 별 수 없잖은가. 녀석은 손에 잡히지도 않는, 오로지 내 육체만이 감지하는 존재였다. 내가 떠들어 댄다고 해서 믿어 줄 이도 없었으며, 그렇다고 엄연히 내 곁에 와 있는 그 녀석을 무시하기도 나는 힘들었다. 내가 도대체 무얼 할 수 있겠는가. 어쩌면 '다 귀찮았' 는지도 모르겠다.

처음에 녀석은 외계어처럼 낯설기만 했다. 그러나 차차 알아들을 수 있게 되었다.

내내 거울을 들여다보면서도 아무것도 보지 못하고 있을 때, 녀석은 내게 이렇게 속삭이는 듯했다.

"그래, 맞아. 확실히 교복이 널 입고 있어."

난 뚱한 표정을 지었다.

'나도 알아. 그래서? 그게 뭐, 어쨌다고?'

바로 그렇게 응수하고 싶었지만 그래 봤자 분위기만 썰렁해질 것 같았다. 뭐, 그리 대단한 발견은 아니었지만 무엇이든 확실히 해 두는 게 좋겠지……

교복이 날 입고 있다.

나는 내게 닥친 현실을 의심하지 않기로 했다. 그럴 필요가 없었다. '사람이 옷을 입느냐' 혹은 '옷이 사람을 입느냐' 는 식의 뒤바뀜 혹은 틀어짐쯤이야 장난으로 너그럽게 받아들여 줄 수도 있었다. 나는 다만 흥미롭게 지켜볼 작정이었다.

어차피 옷이 나를 '정말로' 입는다고 해서 달라지는 것은 아무것도 없어 보였다. 단순하게 살려 들면 '실제로도' 그로 인해 바뀌는 것은 아무것도 없을 터였다. 그 녀석의 존재도 마찬가지였다. 녀석이 내게 난센스 같은 올가미를 암만 던져 봐야 그건 나만 알아들을 수 있을 테니까. 남모르게 슬쩍 웃어 넘겨 버리거나, 못 들은 체하거나, 듣자마자 잊어버리면 그만이다.

'게다가 이 녀석은 그저 좀 머물면서 즐기다가 때가 되면 총총 사라질 거야.'

나는 뚜렷한 근거도 없이 그 생각을 굳게 믿어 버렸다.

그때 책상 위에 놓여 있던 핸드폰에서 벨소리가 울렸다. '**옷 사러 갈 때만 펄펄 나는 애**'였다.

순간 내 머릿속에선 몇 가지 정보가 빠르게 스쳤다. 오늘은 일요일이며, 옷을 사러 가기로 쇼핑 멤버들과 약속했다는 것, 그리고 약속 시간이 불과 한 시간도 채 남지 않았다는 것.

"야, 내 코디 좀 해 줘. 왜에―. 지난번처럼 아주 재섭는 점원한테 걸리면 아주 대박으로 짱나잖아."

내가 피식 웃자 '**옷 사러 갈 때만 펄펄 나는 애**'(애칭: '**날개옷**')가 변명처럼 덧붙였다.

"똥이 무서워서 피하냐, 더러워서 피하지."

"흐음. 그렇다면……"

나는 조심스럽게 내 의견을 이야기했다. 센스 없다는 평을 듣고 싶지는 않았다.

"지지난 미팅 때 입고 나왔던 거 있잖아. 소매가 무지 드레시했던 미니 탑…… 거기에 좀 달라붙는 칠부 바지 어때? 성숙해 보일 필요가 있을 거야."

그때 내 머리 위를 떠다니던 녀석이 '까르륵' 웃었다. 그럭저럭 들어 줄 만했다.

"어얼~ 감각 있는데에—. 좋았어, 그렇게 입으면 어리다고 함부로 무시하진 못하겠다. 땡큐."

후훗. 나는 맵시 있게 웃으며 전화를 끊었다. 녀석이 내 웃음소리를 흉내 냈다. 신경이 쓰였지만 싹 무시하기로 했다. 일일이 반응을 보였다간 녀석의 장난기만 부추기는 꼴이 될 것이다.

나는 서둘러 외출 준비를 시작했다.

샤워를 하고 머리를 두 번 감고 드라이를 하고 거울을 보고 또 거울을 보고 또 거울을 보고……

이 모든 것을 하기에 한 시간은 턱없이 부족했다.

2

세상에 '비밀'과 '거짓말'과 '작전'이 필요한 이유? 옷장엔 '언제나' 입을 만한 옷이 없기 때문!

옷장 문을 열자 인상부터 찌푸려졌다.

나는 옷장 속에 있던 모든 옷을 한 번씩 들쑤셔 놓고는 절망적으로 말했다.

"입을 만한 옷이 하나도 없어!"

나는 머리카락에서 물기를 탈탈 털어 내며, 딱히 누구에게랄 것도 없이 투덜댔다.

"옷을 천지로 놔두고 무슨 옷을 또 사느냐고? 쳇! 할 말이 없군."

나는 비밀리에 활동 중인 **'나의 멋쟁이 패션 요원K'**에게 급히 암호 문자를 날렸다.

—여기는 본부. 긴급 상황. 〔작전코드:Bk.China.T.&Rd.Pw.LS.〕 발효!

—여기는 암호명 K. 알았다. 오늘 접선 장소에서 전달하겠다. ㅋㅋ

나는 마음 푹 놓고 머리를 말리기 시작했다. 등 뒤에서 녀석이 뭐라고 묻는 것 같았지만 헤어드라이어 소리에 묻혀서 잘 들리지 않았다. 시간도 없는데 잘됐다 싶어서 난 계속 못 들은 척했다.

머리를 다 말렸을 때 녀석은 단단히 화가 나 있었다. 암호 문자를 해독해 달라는 것 같았다.

난 태연히 빗질을 하며 녀석의 요구를 철저히 무시했다. 설명하자면 무지 길었고, 또 내겐 친절해야 할 의무가 없었다. 녀석과 친해지고 싶지도 않았고. 녀석은 이내 잠잠해졌다.

나는 옷장에서 어깨가 넓고 허리가 넉넉한 블라우스와 아이보리색 일자 면바지를 꺼냈다. 엄마 마음에 쏙 든다고 해서 억지로 산 옷이었는데, 숨막히게 단정했다. 내가 고른 것보다 옷감이 훨씬 좋고 유행을 덜 타는 옷이라는 데에는 토를 달 만한 여지가 없었지만.

나는 불만스럽게 툴툴대며 옷 속에 몸을 대충 구겨 넣었다. 아니! 정확히 말하자면, 엄마를 완벽하게 만족시키는 옷이 나를 입은 거겠지.

그런 나를 보고 엄마가 의기양양한 표정으로 말했다.

"그래. 그렇게 입으니까 얼마나 보기 좋아? 그 날은 안 사겠다고 징징거리더니. 잘만 입고 다니잖아."

엄마는 그렇게 이야기하며 내가 목 아래에 딱 하나 풀어 둔 블라우스 단추를 채웠다. 나는 아무런 저항도 하지 않았다.

"저, 친구들이랑 시내에 좀 나갔다 올게요. 서점 가서 문제집 좀 사려고요."

언제부터일까, 거짓말이 참말보다 쉬워진 게.

엄마는 방금 전까지의 그악스러운 말투를 홀딱 벗어던지고 온화한 말투로 갈아입었다. 가끔은 숨통을 틔워 줘야 애가 비뚤어지지 않는다는 어느 교육자의 조언이 순간적으로 떠오른 거겠지. '자애로운 엄마' 라는 자의식을 더욱 확고히 하고 싶었거나.

"아이고. 우리 딸, 철들었네. 너무 공부에만 매달리지 말고 친구들이랑 좋은 추억도 많이 만들고 그래. 알았지?"

"네에—."

앞뒤 잴 것 없이 네—, 네—, 하면 인생이 몰라보게 편해진다. 내 안에서 뭔가가 구겨지는 느낌이 들긴 해도 말이다.

나는 검정색 학생화에 발을 끼워 넣었다.

'학생화야, 너도 나처럼 하루도 쉴 날이 없구나. 널 기분 좋게 신을 수 있는 학생은 아마 전국에서 몇 안 될 거다.'

나는 엄마가 자아도취에 빠져 잔소리를 길게 늘어놓기 전에 가급적 빨리 집에서 도망치려 했다. 그러나 엄마의 다음 말에 냉큼 돌아서서 두 손을 뻗었다.

"자, 이걸로 용돈해. 허튼 데 쓰지 말고."

나는 엄마에게 삼만 원을 받아 들고 신이 나서 달려 나갔다.

약속 장소인 버스 정류장엔 '**나의 멋쟁이 패션 요원K**'(애칭: **요원K**)가 믿음직하게 서 있었다. **요원K**는 기밀이 담긴 첩보 가방(사실은 귀여운 캐릭터가 그려진 종이 가방이었다)을 들어 보이며 내게 손을 흔들었다.

길거리의 모든 사람들이 나만 쳐다보는 것 같았다.

'크윽! 숨고 싶다.'

내겐 첩보 가방을 받기까지의 짧은 순간이 영겁처럼 느껴졌다. 길고 긴 고통의 시간.

나는 파우치에서 립글로스를 꺼내 첩보 가방과 교환했다. **요원K**는 당장에 그 립글로스를 발라 보고는 깡충깡충 뛰었다. 그 립글로스는 내가 딱 두 번밖에 바르지 않은 거의 새것이었다. 평소 **요원K**가 탐내던 것으로, 이 유별난 첩보 활동에 대한 대가였다.

나는 첩보 가방 안에 든 내용물을 확인했다. 지금껏 호기심을 억누르고 잠자코 있던 녀석도 내 어깨 너머로 그 안을 훔쳐보았다.

가방 안에는 내가 구상한 작전대로 검정색 차이나 탑과 붉은색

패치워크 롱스커트(Bk.ChinaT.&Rd.Pw.LS.)*가 들어 있었다. 그건 지난주에 내가 인터넷 쇼핑몰에서 주문한 거였는데 **요원K**가 보관하고 있었다.

나는 엄마에게 절대 보여선 안 될 옷을 죄다 **요원K**에게 맡겼다. **K**네 부모님은 **K**가 옷 입는 것에 거의 간섭하지 않았다. 그래서 내가 주문한 옷을 대신 받아 주거나 맡아 주는 일이 가능했다. 오늘처럼 문자로 가져다 달라고 부탁하면 **K**는 흔쾌히 내 청을 들어 주었다.

잊지 말아야 할 것은, 가끔씩 감사의 표시로 **K**에게 립글로스나 펄 아이섀도 등을 주어야 한다는 것이었다. **요원K**는 자선 사업가가 아니었으므로 첩보 활동을 즐겁게 지속시킬 만한 유인물이 반드시 필요했다.

요원K가 나를 위아래로 훑어보며 말했다.

"정말 눈물겹다."

나는 어깨를 한 번 으쓱해 보이고는 서둘러 '내 단골 탈의실'로

---

* Bk는 Black(검정)의 줄임말. China는 말 그대로 중국, T는 Top(탑) 혹은 T-shirt(티셔츠)의 줄임말이다. Rd는 Red(빨강), Pw는 Patchwork(패치워크, 수예에서 크고 작은 헝겊 조각을 쪽모이 하는 기법), LS는 Longskirt(롱스커트)의 줄임말이다.

달려갔다. 정류장 앞 건물 1층에 있는 화장실의 가장 안쪽 칸이 바로 그 곳이었다. 나는 그 안으로 들어가 문을 잠갔다.

돌연 귓속이 간질거렸다. 녀석이 내 귓구멍 속으로 파고든 모양이었다. 녀석은 그 안에서 짝짝, 박수를 치며 이렇게 외쳤다.

"세일러문, 변신!"

난데없이 '세일러문'이라니. 녀석의 뇌 구조가 궁금해지는 순간이었다.

녀석은 한술 더 떠서 노래까지 불렀다. 가만히 들어 보니 그 노래는 만화 「달의 요정 세일러문」*의 주제곡이었다.

노랫소리가 몹시 거슬렸지만, 어쩌겠는가? 보이지도 않는 녀석의 입을 틀어막을 수도, 귓속에 들어앉은 녀석을 빼낼 도리도 없었다. 녀석의 노래를 들어 주는 수밖에.

미안해 솔직하지 못한 내가

지금 이 순간이 꿈이라면

살며시 너에게로 다가가

모든 걸 고백할 텐데……

---

* 원제는 《美少女戰士セーラームーン》, 우리말로 옮기면 미소녀전사 세일러문(세라문)이다. 다케우치 나오코 원작 TV 애니메이션 시리즈. 일본에서는 1992~1996년, 국내에서는 1997~1998년, 2000년에 방영되었다.

전혀 반갑지 않은 사실이었지만, 녀석의 노래 실력은 썩 나쁘지 않았다. 게다가 혼자서 드럼도 치고 기타도 치고……

성가신 녀석!

3

뚜구두구두구두구—둥— 변신의 시간

변신을 하는 수많은 캐릭터 중에서 변신 장면이 가장 화려한 캐릭터는?

역시 「달의 요정 세일러문」이 아닐까 싶다. 그래서 녀석도 지금 내 귓속을 세탁기 속 빨래처럼 뱅글뱅글 돌며 그녀의 주제가를 흥얼거리는 거겠지. 날 열 받게 하려는 생각에서 말이다.

하지만 나는 향수에 젖어 속으로 노래를 따라 부르고 있었다. 녀석은 몰랐을 거다. 내가 세일러문의 광팬이었다는 사실을. 추억의 노래를 들으니 어린 시절의 꿈이 파노라마처럼 눈앞에 펼쳐지는 듯했다.

그 시절, 진짜 불행이 뭔지도 몰랐던 나는 내가 불행한 까닭이

바비 인형을 갖지 못했기 때문이라고 믿었고, 그러한 미신 때문에 팔자에도 없는 약간의 불행을 맛보아야 했다. 그리고 이다음에 자라서도 공주가 될 수 없음을 깨닫고 꽤나 오랫동안 우울해했다. 그렇게 황당하리만치 사소한 이유로 불행하고 우울했던 내 어린 시절을 위로해 준 유일한 친구가 바로 「달의 요정 세일러문」이었다. 세일러문은 내가 아직 초등학교에 다닐 때 텔레비전에서 방영되었는데 당시 최고의 인기를 누렸다. (지금도 세일러문 코스프레*를 한 아이들이 심심치 않게 눈에 띄는 걸로 봐선 세일러문의 인기가 여전한 것 같다.)

세일러문이 변신하는 과정은 이렇다.

소녀는 우선 알몸이 된다. 소녀가 웅크리고 있다가 가슴을 내밀면서 몸을 쭉 펴면 소녀의 몸이 프리즘처럼 투명해진다. 몸을 통과한 빛은 오색으로 빛나고 어딘가에서 리본이 날아와 소녀의 팔다리를 감싸기 시작한다. 리본은 전투용 세일러복으로 변해 착착 자동으로 입혀지고, 각종 액세서리와 메이크업까지 마술처럼 입혀지고 나면 소녀는 발레리나처럼 빙글빙글 돌며 빛을 내뿜는다. 마침내 세일러문이 된 것이다. 내내 눈을 감고 인형처럼 서 있기

---

* 만화나 게임, 영화 등의 등장인물을 모방해 옷이나 가발, 소품 등으로 꾸미고 즐기는 놀이. 코스튬플레이(Costume play)라고도 한다.

만 하던 소녀는 그제야 눈을 번쩍 뜨고 멋지게 폼을 잡는다.

이 멋진 변신 장면을 예고하는 배경 음악이 흘러나오면 난 다른 일에 신경을 돌릴 수 없었다. 매번 똑같이 반복되는 장면이지만 나는 그 장면을 볼 때마다 탄성을 내질렀다. 세일러문의 변신 장면은 절대 질리는 법이 없었고, 변신을 하는 그 순간만큼은 '생활' 이니 '비판' 이니 하는 온갖 화려하지 않은 것들을 죄다 압도해 버렸다.

그러나 모든 변신이 화려한 건 아니다. 나의 변신이 대표적으로 그러했다.

한 바퀴 빙글 돌기만 하면 자동으로 샤샤샥! 그렇게 변신이 쉽다면 오죽 좋을까마는. 만화와 현실은 하늘과 땅 차이였다.

나는 종이 가방을 화장실 문에 달린 가방 걸이에 걸었다. 이때 옷을 넣고 꺼내기 편리하도록 가방의 한쪽 손잡이만 걸어 가방의 입을 벌리는 것이 포인트! 혹시 있을지 모를 사고에 대비해 변기 뚜껑은 닫아 두었다. 변기 물에 핸드폰이라도 빠뜨렸다간 간만의 즐거운 쇼핑은 안녕일 테니까. 이제 변신 준비 완료!

나는 숙련된 기술자처럼 차이니즈 탑을 목에 척 걸쳤다. 목걸이처럼. 그런 다음 블라우스를 벗는데, 이때 화장실 문 쪽에 최대한 가슴을 밀착시키고 빠른 속도로 단추를 풀었다. 혹시 있을지 모를 몰카에 대비해서 생긴 습관이었다. 화장실엔 나 혼자였고 몰카가 있을 것 같지도 않았지만 그렇다고 세일러문처럼 불필요한 누드 장면을 연출할 필요는 없었다. 그렇게 후딱 블라우스를 벗고 차이니즈 탑에 팔과 몸통을 집어넣었다. 다음은 스커트 차례. 나는 전혀 기우뚱거리지 않고 한 발로 버티며 롱스커트 속에 한 발씩 집어넣었다. 그러곤 스커트의 허리 버클을 채우고 지퍼를 올렸다. 뒤이어 스커트를 허리까지 걷어 올리고는, 속에 입고 있던 바지 단추를 푼 다음 치마 끝자락과 함께 바지를 발목까지 끌어 내렸다. 벗은 블라우스와 바지는 돌돌 말아 쇼핑백 속에 넣었다. (이때 옷에 주름이 생기지 않도록 주의해야 한다. 엄마도 눈치란 게 있으니까.)

자, 이제 짠! 하고 튀어나와 거울을 보고 빙긋 웃으면 변신 완료!

바지 밑단을 지저분한 화장실 바닥에 끌거나 소맷자락을 휴지통에 넣었다 빼는 따위의 어이없는 실수는 더 이상 저지르지 않는다. 나는 노련한 '전사' 니까.

나의 변신이 세일러문의 변신에 비해 초라한 건 사실이지만 그래도 난 결코 기죽지 않을 거다.

물론 난 변신 외에도 세일러문보다 나을 게 별로 없다. 내겐 휘

두르기만 하면 만사 오케이인 요술봉도 없고 턱시도 가면 같은 낭만적인 흑기사도 없으며 오늘 만날 쇼핑 멤버, 네 명의 친구들을 각각 머큐리, 마르스, 주피터, 비너스라고 보기에도 무리가 많이 따랐으니까. 그리고 무엇보다 나의 신체 비례가 만화적이지 못하고 지극히 현실적이라는 것도. 그랬다. 내 다리는 세일러문의 다리에 비해 너무나 짧고도 굵었으며 눈은 얼굴의 절반을 차지하기는커녕, 전혀 크지 않았다. (OTL)

하지만 내가 모든 면에서 세일러문보다 뒤지는 것은 아니라고 내 나름대로 강조해 본다. 조금만 자세히 파고들면 찾을 수 있었다. 자랑스런 나의 필살기, 스피드(Speed)!

옷 빨리 갈아입기 대회에 세일러문과 나란히 출전한다면 단연코 내가 승리할 것이다. 세일러문이 섹시한 몸짓과 귀여운 동작을 잡다하게 구사하며 사랑이니 정의니 각종 달콤한 단어로만 골라 만든 주문을 주저리주저리 외는 동안, 난 벌써 오래전에 옷을 다 갈아입고 거울 앞에서 머리에 물까지 묻히고는, 친구들이 기다리고 있는 곳으로 달려가고 있을 터였다.

그리고 바로 지금, 변신을 모두 마친 난 정말로 친구들에게 달려가고 있다.

어디선가 '달그락달그락' 소리가 들렸다. 미처 귓속을 빠져나오지 못한 녀석이 귓벽에 부딪히고 있는 건 아닐까. 그렇다면 고것 참 쌤통이다!

건물을 빠져나가려는데 건물 관리인이 나를 빤히 봤다. 나는 그에게 내 혓바닥을 보여 주었다.

변신에 관한 재미있는 사실 하나 더. 세일러문은 변신하고 나면 아무도 그녀의 정체를 몰라보지만 난 이렇게 기를 쓰며 변신한 뒤에도 아는 사람은 알아본다는 거다. 나의 변신이 어설프거나 불완전하기 때문일까. 얼핏 봐선 내 나이를 종잡을 수 없을 텐데…… 아닌가? 모르겠다. 아무튼, 내 모든 노력이 수포로 돌아가지 않도록 '만나면 곤란한 이'를 만나지 않게 해 달라고 달의 요정에게 기도나 해야겠다.

4
우리는 옷을 사러 간다

내가 버스 정류장으로 돌아왔을 땐 **요원K**와 함께 **'리더형 인간'** 이 와 있었다. 뒤이어 **날개옷**이 나타났다. 전화로 내가 일러준 그대로 입고서. 그걸 보자 기분이 우쭐해졌다.

몇 분 뒤 길 건너편에선 **'남자 친구 있는 애'** (애칭:**애정과다**, 남자 친구가 생기기 전에는 **'인기짱'** 으로 불렸었다)가 남자 친구와 함께 모습을 드러냈다. 그 애는 건널목 신호를 세 번씩이나 놓쳐 가며 남자 친구와의 작별을 아쉬워하고 있었다.

리더형 인간이 짜증을 부렸다.

"아씨, 꼴배기 싫어. 확 우리끼리 가 버릴까?"

리더형 인간(애칭:**리더**)은 요즘 뜨는 추세이고 늘 어떤 무리에서건 주도권을 장악했다. 한때 **애정과다**랑 가장 친했으나 그건 과거일 뿐이었다. 지금은 서로 딱딱거리며 나를 비롯한 다른 아이들을 수시로 난처하게 만들었다.

보도블록 틈새를 뚫고 나온 잡초를 걷어차며 **리더**가 말했다.

"고만고만한 것들끼리 어울리기는…… 쩟!"

이건 남자 친구가 없는 자신을 달래려고 하는 푸념일 뿐이다.

내 생각에 **리더**는 **애정과다**에게 배신감과 동시에 부러움을 느끼고 있는 것 같았다. 그 두 가지는 **리더**가 인정하기에 너무나도 수치스러운 감정일 터였다.

속내를 숨기려 들면 들수록 묘하게도 고스란히 들여다보이는 건 왜일까. **리더**의 삐딱한 표현은 유치하게 느껴진다. 설사 **리더**가 **애정과다**로 인해 깊이 상처 받았다고 해도 그런 식으로 표현한다면 하나도 불쌍해지지가 않는다. 나나 다른 아이들은 자신이 **애정과다**를 마음 한구석에서 몹시도 부러워하고 있음을 어느 정도 받아들이고 있었다. 결코 겉으로 내색할 수 없는 건 자존심이 허락하지 않아서였지만…… 못 입는 옷을 보며 입고 싶지 않은 척하는 거랑 똑같다.

애정과다의 남자 친구는 건널목 중간까지 따라왔다가 건너편으로 되돌아갔다. **애정과다**는 건널목을 다 건너와서는 애절한 목소리로 "이따 전화할게!" 하고 외쳤다. 예쁜 척 손나팔을 만들어

외치는 모습이 옛날 영화에서 많이 본 장면 같았다. 예를 들면, 눈 쌓인 기차역에서 먼 나라로 망명을 떠나는 연인과 안타까운 이별을 하는 장면. 내 생각에 **애정과다**는 로맨스 소설을 그만 봐야 할 때가 온 것 같다.

애정과다는 우리가 있는 정류장에 와서도 정신을 못 차렸다. 길 건너편에서 바보같이 헤벌쭉 웃고 있는 여드름투성이에게 손으로 하트를 만들어 날려 보내는 걸 보면 말이다. 사랑을 해도 유치해지나 보다.

그걸 보고 **리더**가 토하는 시늉을 했다.

"우웩! 저 닭살!"

날개옷이 그걸 보고 실실 웃었지만 나는 웃지 않았다. 나도 사랑에 빠지면 유치해질지 심각하게 고민하고 있었기 때문이었다. 한 가지 분명한 건, 나는 사랑에 빠지더라도 친구들과의 약속 시간을 잘 지킬 것이며 절대 혀 짧은 소리나 코맹맹이 소리 따위는 내지 않을 거라는 거다.

아무튼 우여곡절 끝에 다섯 멤버가 모두 모였다. 그런데 **애정과다**는 버스를 기다리는 내내 길 건너편에 있는 남자 친구와 손짓 발짓을 주고받으며 시시덕거렸다. 슬슬 **리더**의 얼굴이 일그러졌다. **애정과다**는 지금 우리와 함께 있는 건지 아니면 남자 친구랑 있는 건지 이쯤에서 분명히 해 둘 필요가 있어 보였다.

"야! 우리랑 있을 때는 그 소름 끼치는 애정 행각 좀 자제하시지? 안 그럼 너 확 빼 버린다."

리더의 협박은 통하지 않았다. 말뿐인 협박이라는 건 우리 모두 알고 있었으니까.

우리는 버스가 도착할 때까지 그 꼴을 보고 있을 수밖에 없었다. 그런 구경은 처음 몇 번은 재미있었지만 이제는 지긋지긋했다. 그러나 당사자들은 전혀 질리지가 않는 모양이다.

조금 뒤 닭살에서 우릴 구제해 줄 버스가 도착했다. 우리는 차례로 버스에 올라탔다.

우리가 버스 카드를 단말기에 댈 때마다 이런 소리가 났다.

"청소년입니다. 청소년입니다. 청소년……"

다섯 번 연속. 청소년인 거 누가 모르나? 괜스레 민망해지는 순간이다.

어른들 중엔 우리가 떼거리로 버스나 전철에 올라타는 걸 싫어하는 사람들이 꽤 있다. 그런 사람들은 우리가 나누는 이야기를 비열하게 엿듣고 혀를 끌끌 차거나 우리 옷차림을 한심하다는 듯이 바라보며 도리머리를 한다. 아무 데나 앉는 것을 보고 눈살을 찌푸리기도 일쑤다.

우리도 우리지만 그런 어른들의 행동이야말로 대책 없다. 시끄

러우면 시끄럽다, 잘못했으면 잘못했다, 안 되면 안 된다. 차라리 딱 부러지게 말을 하지. 왜 암 말 안 하지? 우리가 뭐 잡아먹기라도 하나? 그런 식으로 눈치 주는 건 비겁한 짓이다. 정말 답답하다. 답답해서 터질 것 같다. 은근히 따 당하는 기분이랑 비슷하다. 어른들은 우리를 따돌린다.

버스는 출발했지만 내 귓불에 귀걸이처럼 대롱대롱 걸려 있던 녀석이 버스 카드 단말기 소리를 흉내 냈다.

"청소년입니다~"

말투가 퍽 재미있었던 모양이다.

애정과다는 버스 맨 앞자리를 차지하고 앉아서 멀어지는 남자 친구를 향해 하염없이 손수건을 흔들었다.

리더가 기가 막힌다는 듯이 말했다.

"하! 나 참. 손수건은 또 언제 준비했지? 하여간 가지가지 해요."

애정과다는 부루퉁한 얼굴로 "네가 뭔 상관인데?" 하고는 창밖에 조그만 단추처럼 작아져 버린 남자 친구에게 키스를 날렸다.

애정과다의 남친은 일단 남자이고 좀 모자라 보이는 여드름투성이다. 난 암만 노력해도 좋아질 것 같지 않은 애가 어디가 그렇게 좋은 건지 신기하다. **애정과다**는 그 애가 옷을 잘 입어서 좋다고 하지만 어떻게 입는 게 옷을 잘 입는 건지 매번 헷갈리는 나로서는 도저히 이해가 안 갔다.

남자 애들은 하나같이 동생 같다. 암만 좋게 봐 줄래도 어딘가 좀 모자라 보인다. 하는 말도 상스럽기 짝이 없고 지저분한 농담에 음담패설까지…… 안 그러면 남자 취급 못 받으니까 내키지 않아도 하다가 결국엔 물들어 버리는 것 같다. 안 그럴 것 같아 보이는 애들도 알고 보면 다 그렇다. 호박씨는 남자도 깐다.

남친이 더 이상 보이지 않게 되자 **애정과다**는 남친과의 문자에 열중했다.

버스 맨 뒷자리에 자리가 나자 **요원K**가 말도 없이 쪼르르 달려가 앉았다. **리더**가 곱지 않은 시선을 쏘아 주며 중얼거렸다.

"의리 없는 것들."

조금 뒤, 내리는 문 바로 뒤에 나란히 두 자리가 났다. **리더**가 나와 **날개옷**을 그쪽으로 끌고 가서 말했다.

"앉아."

나와 **날개옷**은 군말 없이 앉았다. **리더**는 '이런 데서 빼는 애들이 젤로 재수 없다' 고 늘 말해 왔었기 때문이다.

리더가 장난스럽게 웃으며 우리 무릎 위로 벌렁 드러누웠다. (**리더**는 몰랐겠지만 리더가 녀석을 깔아뭉개는 바람에 녀석은 한바탕 죽을 고비를 넘겼다. 킥킥.) 난 **리더**의 이런 거리낌 없는 행동이' 참 마음에 든다. 우린 깔깔 웃었고, 그렇게 계속 연예인 얘기나 하며 갔다. 재미있었다!

친구들과 있을 때 나는 다른 사람이 되는 것 같다. 말도 많이 하게 되고, 집에서나 혼자 있을 땐 상상도 못 했던 전혀 엉뚱한 일도 스스럼없이 할 수 있게 된다. 대범해진달까. 어떤 게 내 진짜 모습일까 생각해 본 적이 있는데, 결론은 '잘 모르겠다' 이다. 어쩌면 지금 이렇게 친구들과 섞여 있을 때의 나도 나이고 집에서의 나도 나이고 혼자 있을 때의 나도 나일 것이다. 확실한 건 친구들과 어울리는 게 나의 일상 중에 그나마 가장 즐겁다는 것이다. 완전 안습. ('안습' 은 국어 선생이 '절대 사용 금지' 처분을 내린 말이지만 슬쩍 써 봤다. 금지된 선을 넘는 쾌감이란! 정말 완전 '눈물' 나게 즐겁다. 캬—.)

얼마 뒤, 차가 슬슬 막히기 시작했다. 동대문에 거의 다 왔음을 알 수 있었다. 우리 얘기가 시시하다며 시종일관 툴툴대던 녀석도 기뻐하는 것 같았다.

우린 내릴 준비를 했다. 맨 뒷좌석에서 패션 잡지를 보고 있던 **요원K**도 잡지를 가방에 넣고 우리가 있는 쪽으로 내려왔다. **애정과다**만 제자리에 앉아서 문자에 열을 올리고 있었다.

리더가 아니꼬운 표정으로 그 모습을 바라보다가 **애정과다** 쪽으로 다가갔다. 한 마디 하는 척하며 **애정과다**를 챙기려는 거다. **애정과다**가 차에서 미처 못 내리면 제일 열심히 뛰어다닐 사람이 **리더**였으니까.

리더는 **애정과다**의 머리를 손가락으로 툭툭 건드리며 말했다.

"야! 작작 좀 해라. 넌 멀미도 안 나냐?"

애정과다는 기분 나쁘다는 표정을 지으며 **리더**의 손가락을 뿌리쳤다. 그러고는 계속 문자에만 집중했다. 무안해진 **리더**는 괜한 사람에게 화풀이를 했다. **애정과다** 뒤에 앉아서 조마조마한 표정으로 둘을 지켜보던 아주머니였다.

"아씨! 뭘 봐요? 사람 처음 보나?"

리더가 버스 손잡이를 손바닥으로 '탕' 치며 소리쳤다. 즉흥적이고 너무 센 척하는 게 가끔 이렇게 탈을 일으켰다. (어이구! 내가 못살아.)

애정과다가 기겁을 하며 일어났다.

"야! 너 쪽팔리게 왜 그래?"

그때 버스 뒷문이 열렸다.

날개옷이 **리더**의 옆구리를 쿡쿡 찔러 가며 버스에서 끌어 내렸다. 씩씩거리고 있었지만 못 이기는 척 끌려 내려온 걸 보면 **리더**도 진짜로 싸울 마음은 없었던 것 같다.

버스 정류장에서 의류 상가로 이어지는 길에는 노점상이 쭉 늘어서 있었다. 우리 다섯 명은 둘, 셋씩 짝을 지어 팔짱을 끼고 걷기 시작했다. **애정과다**도 이제 남친은 싹 잊기로 했는지 나와 **요원K** 사이를 파고들어 팔짱을 끼었다.

앞서 걷던 **리더**와 **날개옷**이 패션 시계를 늘어놓고 파는 노점상을 가리키며 동시에 말했다.

"무조건 사천 원이래!"

우린 그쪽으로 우르르 몰려가 이것저것 집었다 놓았다 하며 재잘거렸다. 노점상 젊은 오빠가 우리들 비위를 적당히 맞추며 우스갯소리를 했다. 우리더러 '예쁜 아가씨들' 이랬다. 우리가 모여 있는 것을 보고 길을 지나던 사람들도 하나 둘 우리 사이에 끼어들어 시계를 구경했다.

리더와 **날개옷**은 하필 같은 디자인을 마음에 들어했다. 둘은 서로 포기하라고 딱딱거리며 다퉜다.

그때 누군가 찬물을 확 끼얹었다.

"빨리 가자—아! 그렇게 짝퉁티 팍팍 나는 걸 어떻게 차고 다닐래?"

뒤에서 지켜보고만 있던 **요원K**의 말이었다. 그 말에 **리더**가 웃음을 터뜨렸다.

"푸! 남말 하시네. 지는 구혜진 짝퉁이면서."

그러고 보니, 얼마 전에 새로 한 **K**의 헤어스타일이 영화배우 구혜진과 똑같았다. 그 이름도 화려한 '사이버 짱구 볼륨 샤기컷'이라나 뭐라나.

요원K는 얼굴을 붉히면서도 지지 않고 말했다.

"너는 그런 말 할 자격 없는 것 같은데? 그렇게 따지면 넌 정치우 짝퉁이다."

그러자 사람들의 고개가 일제히 **리더** 쪽으로 돌아갔다.

과연! **리더**가 차고 있는 꽈배기 모양 비즈 팔찌는 정치우의 트레이드마크였다. **K**가 말하는 정치우는 신인 록 그룹 '쉬고'의 리드 보컬이었다. 마이크를 든 손에 언제나 꽈배기 모양 팔찌를 하고 열정적으로 노래를 불렀다. 아마도 **리더**는 정치우가 아니었다면 그 팔찌를 절대 사지 않았을 거다. **K**가 옆에서 자꾸만 부추긴 요인도 어느 정도 작용했겠지만.

요원K도 그걸 잊었을 리 없었지만 시치미를 뚝 떼고 계속 **리더**를 몰아세웠다. **리더**뿐 아니라 동대문 거리에 있는 모든 사람들을 짝퉁으로 만들어야 속이 풀릴 기세였다. 뭐, 모두가 짝퉁인 게 사실이기도 했지만. 쩝.

K가 잘난 체하며 비꼬았다.

"하긴. 감각이 후진 걸 어쩌겠어? 이거 원, 같이 다니기 창피해서……"

그 말을 들으니 내 얼굴이 다 화끈거렸다. 이번엔 **K**가 좀 심했다 싶었다.

요원K는 사람들 마음을 온통 쑥대밭으로 망가뜨려 놓고도 도도한 자세를 유지했다.

리더와 **날개옷**은 머쓱한 표정으로 자신들이 들고 있던 시계를 내려다보았다. 그리고 붉어진 얼굴로 시계를 얌전히 내려놓았다. 우리를 따라 시계를 구경하던 다른 사람들도 얼결에 시계를 내려놓았다. 손님을 많이 끌어 흥이 올랐던 젊은 오빠만 울상이 되었다.

나는 살벌해진 분위기를 풀어 보려고 엄살을 부렸다.

"배고파 돌아가시겠다. 뭐 좀 먹고 가자. 이러다 쓰러지겠어."

그러면서 나는 근처에 있던 포장마차로 아이들의 등을 떠밀었다. 아침도 거른데다 점심때가 다 되어서 정말 배가 고팠다.

내가 감자 박힌 핫도그를 집어 한 입 베어 물자 서로 눈치만 보던 **리더**와 **날개옷**도 각각 어묵과 튀김을 집어 들었다.

리더가 나머지 아이들에게도 먹을 것을 권했다.

"너희도 좀 먹어. 왜 안 먹어?"

그러자 **요원K**가 샐쭉한 표정으로 대답했다.

"몰랐어? 나 요새 다이어트 하잖아."

리더가 기분 잡쳤다는 투로 **애정과다**에게 물었다.

"너도냐?"

애정과다가 겸연쩍게 웃으며 말했다.

"다음 주말에 남친이랑 수영장 가기로 해서……"

그 말을 듣고 **날개옷**이 들고 있던 김말이를 도로 내려놓았다. 그러곤 자신의 아랫배를 통통 두들겼다.

리더가 코를 찡그렸다.

"에이씨. 밥맛 떨어지게시리."

리더는 고개를 돌려 나를 보더니 단번에 인상을 쫙 폈다. 그때 나는 볼이 미어터지도록 많은 양을 한꺼번에 입에 넣고 우물거리고 있었다.

리더가 걸걸한 목소리로 말했다.

"진정한 동지는 너뿐이구나. 기분이다. 그 핫도그 내가 쏜다. 우리끼리 건배하자."

나와 **리더**는 들고 있던 핫도그와 어묵으로 잔 부딪치는 시늉을 하고는 깔깔댔다. **날개옷**도 그걸 보고 실실거렸지만 나머지는 냉담했다.

포장마차 밖에서 음악 소리가 커다랗게 들리기 시작했다. 의류상가 앞에서 공연을 하는 것 같았다.

우리는 입 안에 음식을 꾸역꾸역 밀어 넣고 잽싸게 공연장으로 뛰어갔다.

여섯 명의 비보이(b-boy)들이 의류 상가 앞에 마련된 간이 무대 위에서 브레이크 댄스를 보여 주고 있었다. 종횡무진 몸을 날리고 어지럽게 꺾고 돌리는 통에 무대가 비좁아 보였다. 상가 앞 광장을 가득 메운 관객들은 넋을 반쯤 잃은 상태였다.

애정과다가 좀 더 잘 보려고 방방 뛰며 말했다.

"방금 헤드스핀 한 키 큰 애 내가 찍었다!"

그러자 그때까지 입을 헤 벌린 채 보고 있던 **요원K**가 핀잔을 주었다.

"어머, 웬일! 설마 진심이야? 난 빈티 나는 애들은 딱 질색이야. 너 혼자 다 가져라."

난 텀블링을 하고 있는 키 작은 남자 애에게 눈길이 쏠렸다. 무대가 작았는지 무대 아래까지 내려와 세 번 연속 텀블링을 보여 주었다. 자세히 보니 그 앤 턱수염을 기르고 있었다. 텀블링 외에 다른 춤 기술은 좀 어설펐지만 건강하고 착해 보였다.

나는 남몰래 가슴 속에 적어 두었던 비밀 목록에 한 가지를 더 추가했다.

'남자 친구 생기면 하고 싶은 일 제21번. 내 앞에서 춤 춰 달래기.'

남자 친구가 있다는 건 어떤 느낌일까. 어쩌면 남자 친구 자체보다 내게도 남자 친구가 있다는 사실이 나를 더욱 행복하게 만들어 줄지도 모르겠다. 남자 친구도 일종의 옷인 거다. '입는' 거. **애정과다**에게 남친도 그런 걸까? 난 내 주위를 둘러보았다. 방금 전까지 내 옆에 서서 환호하던 **애정과다**는 온데간데없었다.

그때 무대 바로 아래에서 낯익은 목소리가 들렸다. 어느 틈에 사람들 사이를 비집고 거기까지 들어갔는지 **애정과다**가 비보이들에게 손을 뻗으며 "꺅꺅" 비명을 질러 대고 있었다. (사람들은 까맣게 몰랐겠지만, **애정과다** 바로 옆에서 녀석도 체통을 벗어던지고 환호했다.)

다른 아이들은 창피하다며 얼굴을 가렸지만 솔직히 난 그런 **애정과다**가 부러웠다.

애정과다는 좋아하는 게 참 많다. 그게 사람이든 물건이든 그런 건 중요하지 않았다. **애정과다**는 무언가를 좋아하는 자신을 즐길 줄 아는 애다. 그건 자기 자신을 좋아할 줄 아는 것만큼이나 세상을 살아가는 데 있어 중요한 것 같다. 그치만 그 애가 자신이 덜 좋아하는 것에도 예의를 갖추어 주었으면 하고 바라는 건 내 이기심인 걸까.

리더가 손바닥으로 얼굴을 가린 채 말했다.

"어우. 누가 재 좀 말려 봐. 쪽팔려서 돌아가시겠다."

비보이들의 공연이 끝나고 녀석이 내 곁으로 돌아왔다. **애정과다**도 돌아왔다. 그 애의 뺨에선 생기가 넘쳤다.

리더가 그런 **애정과다**를 탓했다.

"넌 남친도 있는 애가 왜 그렇게 지조 없이 날뛰냐? 너 그러는 거 니 남친도 알아?"

"내가 뭘 어쨌다고 그러냐?"

애정과다는 팽 토라져서는 곧장 남친에게 전화를 걸었다.

리더가 두 손으로 머리를 감싸고 중얼거렸다.

"그럼 그렇지. 전화할 줄 알았다."

리더의 말에 따르면, **애정과다**는 속상한 일이 있으면 무조건 누군가에게 털어놓아야 직성이 풀리는 성격이랬다. 난 아무리 속이 상하더라도 내 얘기를 남에게 털어놓기가 쉽지 않은데…… 시시콜콜한 것까지 남친과 공유하는 **애정과다**가 신기할 따름이었다.

랩 배틀이 곧 시작된다는 사회자의 말에 **애정과다**가 통화하다 말고 "꺅—" 소리를 질렀다.

그때까지도 나는 턱수염에게서 눈을 떼지 못하고 있었다. 그는 무대 아래에서 눈부시게 웃으며 땀을 닦고 있었다. 아아! 그에게 음료수를 사 주고 싶다.

날개옷이 초조한 듯 말했다.

"이렇게 한눈팔 시간 없는데."

리더가 맞장구를 쳤다.

"그래. 이러다 날 새겠다. 그만 들어가자."

나는 아이들 몰래 턱수염을 내 폰카에 담았다.

리더와 **날개옷**이 어깨동무를 하고 앞장섰다. **요원K**가 내 팔짱을 끼고 나를 이끌었다. 나는 **K**가 잡아당기는 대로 끌려가면서도 턱수염을 놓치지 않고 보았다. 그는 팬에게 장미꽃 한 송이를 받고 부끄러운 듯 웃으며 턱수염을 쓰다듬었다. 아아! 설령 그의 턱수염이 누군가의 짝퉁이라 해도 난 그에게 빠져들 수밖에 없을 것이다. 나는 그에게 반했다. 사랑에는 국경도 없고, 메이커도 오리지널도 없다.

"우왓!"

나는 짧게 비명을 질렀다. 턱수염과 눈이 잠깐 마주친 것 같았다. 나는 그에게 손을 흔들어 주고 싶었지만 그저 빙긋이 웃음 지었을 뿐이었다. 그것도 불타는 듯 새빨간 얼굴로. 좀 더 적극적이지 못한 나 자신이 정말 원망스러웠다. 녀석이 그런 나를 놀려 댔다. 두고두고 놀림 받을 것 같은 불길한 예감이 들었지만 상관없었다. 나는 그가 속한 팀 이름을 기억해 두기로 했다. 그가 유명해지도록 응원해 줄 것이다.

정신을 차리고 보니 친구들은 저만치 앞서가고 있었다. 나는 헐레벌떡 달려가며 외쳤다.

"야! 같이 가!"

드디어 우린 의류 상가 안으로 들어섰다.

리더가 들뜬 목소리로 말했다.

"우리 파이팅 하자!"

우리는 동그랗게 모여 서서 손을 가운데 모으고 외쳤다.

"파이팅!"

그때 그 녀석도 파이팅을 외쳤을 것이다. 너무 흥분해서 녀석에게 신경 쓸 겨를은 없었지만.

무엇에 대한 파이팅인지는 몰랐지만 우린 가끔 그렇게 흥에 겨워 파이팅을 외칠 때가 있었다. 남들이 쳐다보건 말건 우리가 신나면 그만이다.

사방에 옷이 널려 있었다. 이제 본격적으로 쇼핑이 시작된 것이다. 출발한 지 두 시간 반 만의 일이었다. 쇼핑에 취미가 없는 사람은 시작도 하기 전에 지쳐서 나가떨어졌을 것이다.

옷을 보니까 가슴이 벅찼다. 쇼핑하는 내내 그럴 것이다. 확인된 바는 없지만 쇼핑은 분명 심폐지구력과 깊은 연관이 있을 거다. 인내심 함양과 스트레스 해소에 도움이 되는 훌륭한 헬스 기구이기도 하고.

그러나저러나 새삼 깨달은 사실 하나. 나는 옷을 사러 온 것이다!

"이얏호! 신난다!"

5
달고 시고 쓰고 맵고 짠 쇼핑,
거기엔 인생의 희로애락이 고스란히 담겨 있나니

1층엔 여성 정장 매장이 들어차 있었다. 처음에 우리는 눈길이 끌리는 대로 다섯 명이 한꺼번에 몰려다니며 구경했다. 그러나 얼마 못 가 **날개옷**이 조바심을 냈다.

"우리 너무 산만한 것 같지 않아?"

리더도 그 지적을 인정했다.

"좀 더 체계적으로 쇼핑을 할 필요가 있겠어. 각자 보고 싶은 옷이 다를 텐데 이러다간 원하는 옷을 다 사기도 전에 지쳐 버리고 말 거야. 일단 층별로 이동할 땐 같이 움직이되 한 층 안에선 찢어져서 다니자. 조언이 필요하면 그때그때 서로에게 도움을 청하기로 하고. 어때?"

리더의 제안에 따라 우린 제일 위층에서부터 아래로 내려오며 쇼핑을 하기로 합의를 봤다.

우린 엘리베이터를 타고 상가의 가장 위층인 5층으로 올라갔다. 거기에는 액세서리와 패션 잡화 매장이 모여 있었다.

날개옷은 레깅스 가게 앞에서 우뚝 멈추어 서더니 진지한 표정으로 목을 쓰다듬었다.

"계획에 없던 레깅스가 눈에 들어와 버렸어."

날개옷이 내게 물었다.

"둘 중에 뭐가 더 나은 것 같아?"

날개옷은 망사 레깅스와 리본 레깅스 사이에서 갈등을 하고 있었다.

"끙— ."

나도 모르게 그런 소리가 나왔다.

난 이럴 때가 가장 곤혹스러웠다. 언제나 두 가지 다 나름대로 장점을 지니고 있었다.

쉽게 결정을 내리지 못하고 있는데 어떤 낯선 목소리가 들렸다. 그게 누구인지는 그때까지 확신이 없었다.

"유모~, 난 저 애의 통통한 허벅지가 아주 마음에 들어요. 딱딱하고 미끈한 마네킹 다리는 질렸어. 저 허벅지를 입는다면 고귀한 광택이 흐르는 나, 리본 레깅스의 매력을 유감없이 발휘할 수 있을 거야. 저 허벅지를 천박한 망사나 밋밋한 단추 레깅스 따위에게 빼앗기고 싶진 않아요."

나는 일이 어떻게 돌아가고 있는 건지 도무지 알 수가 없었다. 나를 제외한 다른 아이들은 이 목소리가 들리지 않는지 모두들 태연하게 움직이고 있었다. 녀석은 자신과는 상관없는 일이라는 듯 아까부터 줄곧 내 등줄기를 타고 오르락내리락하고 있었다.

정체를 알 수 없는 그들은 내가 자신들의 이야기를 들을 수 있는 걸 아는지 모르는지, 거침없이 이야기를 계속했다. 만일 그들이 내가 엿듣는 것을 알면 어떻게 나올까 한편으론 걱정이 됐다.

"오우, 귀여운 나의 고집쟁이 아가씨. 저를 믿고 제발 좀 얌전히 계셔요. 미스 망사와 단추 여사도 저 허벅지가 무척 탐이 나긴 하지만 그 동안 아가씨께 신세 진 일도 있고 하니 기쁜 마음으로 아가씨께 양보하겠답니다. 당신의 상냥한 유모, 미즈 판탈롱이 뭐랬죠?"

"사람은 옷이 고르고 허벅지는 레깅스가 고른다."

하! 이게 대체 무슨 헛소리인지……

"맞았어요! 사랑스런 리본 아가씨, 제 말씀을 정확하게 기억하고 계셨군요. 이제 느긋하게 기다리시는 일만 남았어요. 저 탐스럽게 살찐 허벅지는 곧 아가씨의 것이 될 거예요. 어여쁜 우리 리본 아가씨가 마음먹으신 이상 그럴 수밖에 없지요. 암요. 절대로 놓치는 법이 없죠. 그게 허벅지의 운명인걸요. 거역할 수 없어요."

그들은 강한 확신에 차 있었고 당연하다는 듯이 대화를 나누고 있었다. 나는 그들이 내게 말이라도 건넬까 봐 조마조마해서 숨도 제대로 쉴 수가 없었다.

그때 구세주가 나타났다. 끼어들기 대장 **리더**였다. 어찌나 반갑던지!

리더가 말했다.

"나 같으면 망사 레깅스는 절대로 안 살 거야. 전혀 실용적이지가 않거든. 보나마나 금방 늘어나서 세 번도 못 신고 버리게 될 거야. 리본도 지금 상태로는 쉽게 떨어질 것 같긴 하지만 사자마자 네가 단단히 꿰매서 신으면 되니까, 난 리본 레깅스 강추다!"

날개옷은 **리더**가 하는 말을 듣지 않고 있었다. 뭔가에 홀린 사람처럼 리본 레깅스를 바라보다가 결국 그것을 선택했다. **리더**가 주먹을 쥐며 "나이스!" 했다. **날개옷**이 자신의 조언을 따른 것으로 착각하고는 축하 세리머니를 한 것이다. 하지만 비슷한 착각을 하는 존재가 또 있었다.

"브라보! 역시 유모는 틀리는 법이 없다니까. 고마워, 미즈 판탈롱."

리더와 정체불명의 아가씨, 둘 중에 누가 착각을 한 것인지 알쏭달쏭했다.

날개옷은 리본 레깅스의 값을 치르고도 한참 동안 망사 레깅스에 대한 미련을 버리지 못한 것 같았다.

나는 어이가 없어서 그 자리를 떠나려고 했다. 녀석이 내 겨드랑이 속으로 파고들더니 간지럼을 태우려고 갖은 애를 썼다. 난 간지럼을 참으며 녀석의 존재를 무시했다.

뒤를 돌아보니 **요원K**가 맞은편 모자 가게 앞에서 마구잡이로 모자를 써 보고 있었다. 나는 **요원K** 곁으로 갔다. **K**의 옆에 서서 **K**가 썼다가 팽개친 벙거지 모자를 주워서 써 보았다. 모자를 쓰면 머릿속이 좀 개운해질까 하는 기대에서였다. 그러나 내 기대는 가차 없이 무너졌다.

벙거지를 꾹 눌러 쓴 순간 머릿속에서 거친 아우성이 울렸다.

"어이, 이봐! 너 내 말이 들린다면 네 친구한테 그 각진 얼굴 좀 저리 치워 달라고 전해 줄래? 저 얼굴로 우리랑 뭘 어쩌겠다는 건지 모르겠군."

순간 벙거지가 내 머리를 꽉 조였다가 풀어 주는 것 같은 느낌이 들었다. 나는 얼른 벙거지를 벗어서 내려놓았다. 이건 또 무슨 조화람!

나는 도움을 바라고서 **요원K**의 얼굴을 쳐다보았다. **요원K**는 전혀 동요되지 않은 얼굴로 야구 모자며 썬캡을 디자인별로 써 보고 있었다.

나는 비니를 집어 들어 머리에 살짝 얹어 보았다. 아주 살짝.

그러자 여지없이 목소리가 들렸다. 이번엔 몹시 날카로운 목소리였다.

"정말 너무들 하는군요, 모자 동지 여러분. 이런 식으로 은근슬쩍 나한테 떠넘길 생각 마요. 난 절대 저 네모를 쓰지 않을 거예요. 쟤는 요즘 자기 얼굴이 비인기 얼굴형이라는 것도 모르나 보죠? 저 앤 절대 우리와 어울릴 수 없어요. 거기 나를 쓰고 있는 당신!"

나는 비니를 머리에 얹은 채 '저요?' 하고 묻는 표정으로 거울에 내 얼굴을 비추었다.

"아둔하기는! 그래요, 당신! 당신 말이에요. 당신 말고 또 누가 있겠어요? 당신이 저 네모에게 충고해 줘요. 두 사람은 친구잖아요? 안 그래요?"

그때 **요원K**가 내 앞을 가로막으며 카우보이 모자를 써 보려 애를 썼다. 하지만 모자가 머리에 잘 들어가지 않았다. 보기엔 넉넉해 보였는데 말이다. **K**가 억지로 챙을 힘껏 잡아당기며 쓰려 하자 진열된 모자 더미 사이사이에서 호통 소리가 들렸다.

"저런 고얀! 쟤 지금 어디다 머리를 들이대는 거야?"

"해도 정말 너무하네. 싫다는데 왜 저래? 저러다 불쌍한 카우보이 군만 찢어지겠군."

"우리 모두를 늘려 놔야 성이 차려나. 정말 저런 인간 짜증난다. 짜증나."

나는 머리에 얹었던 비니를 가지런히 내려놓았다. 함부로 다뤘다간 비니에게 손을 물릴지도 모른다는 생각이 들었다.

나는 멍청하게 서서 **요원K**를 바라보았다. **K**는 아무것도 모르고 갖은 폼을 잡으며 모자를 이것저것 썼다 벗었다 했다. 아무리 요란하게 모자를 골라도 모자에게 선택 받지 못할 거라는 걸 알자 **요원K**가 참 안됐다는 생각이 들었다.

나는 모자들에게 따지고 싶었다, 이렇게.

"부끄러운 줄 좀 알라구! 무슨 모자들이 이래? 내가 아는 멋쟁이 신사들은 다 어딜 갔지? 무릇 모자도 옷이라면 사람의 결점도 커버해 줄 줄 알아야 하는 거 아냐? 게다가 각진 턱은 결점이 아니라 매력 포인트라구. 외모로 사람을 차별하다니. 너희들 그럼 못써!"

하지만 나는 겁쟁이였다. 모자를 상대로 화를 낸다는 것도 좀 우스웠고. 억울했지만 어쨌든 모자만의 잘못도 아니었다. 각진 턱에 어울릴 만한 모자를 만들지 않는 건 모자가 아니라 사람이라는 걸 누구보다도 내가 잘 알았으니까. 사람의 능력이 안 된다기보다 굳이 그렇게 하려 들지를 않았다. 억울하면 턱을 깎으라는 식이다.

요원K는 마침내 그 가게에 있던 마지막 모자를 벗어던지며 말했다.

"이 집엔 괜찮은 모자가 하나도 없어."

모자 가게 점원은 **요원K**가 아무렇게나 팽개친 모자들을 정리하며 말했다.

"모자가 안 어울리는 손님들이 가끔 있지요."

요원K가 눈을 가늘게 뜨고 점원을 노려보았다. 점원은 **K**와 눈을 마주치지 못하고 열심히 바쁜 척을 했다. **K**는 홱 돌아서서 다른 곳으로 가 버렸다. 나는 엉거주춤 서서 모자들을 바라보다가 **K**의 뒤를 따랐다.

녀석이 내 머리 꼭대기에 올라서서 머리카락을 엉망으로 헝클어뜨렸다. 내 머릿속도 엉망이었다.

머플러를 목에 둘러 보고 있던 **리더**가 날 보고 물었다.

"**애정과다** 못 봤냐?"

난 정신이 하나도 없는데다 기분마저 별로여서 말없이 어깨만 한 번 으쓱했다.

리더가 히스테리를 부렸다.

"앤 또 어딜 간 거야? 하여간 산만해."

그때 마침 구두 가게가 모여 있는 곳이 눈에 들어왔다. 나는 몇 주 전부터 샌들을 사려고 벼르고 있었던 터라 자석에 이끌리듯 그쪽으로 끌려갔다. 지금 신고 있는 시커멓고 뭉툭한 학생화를 여름

내내 신어야 한다는 건 자라나는 청소년에게 너무나도 잔인한 처사였다.

나는 구두 가게 앞을 천천히 걸으며 진열된 샌들을 구경했다. 그 중 한 가게의 점원 언니가 예쁜 스커트를 입었다며 나를 칭찬했다. 나는 기분이 좋아져서 그 가게 앞에서 멈춰 섰다. 어차피 가게는 여럿이어도 물건은 거기서 거기였다. 뭐 하나가 유행한다 하면 가게들은 죄다 그것 하나만 팔았으니까.

나는 점원 언니가 내 스커트에 어울리겠다며 골라 준 새틴 소재 샌들을 신어 보았다. 볼 때는 그저 그랬는데 신는 순간 마음을 홀딱 빼앗겼다. 누군가 내 마음을 표 안 나게 조종하는 것 같다는 의심이 잠시 일었지만 과민 반응이라 치부했다. 시원한 푸른빛이 감도는 천도 마음에 쏙 들었고 굽도 적당했다. 이건 분명히 내 마음과 내 판단을 통해 얻은 결론이었다. ……아닌가? 나는 헷갈리기 시작했다.

녀석이 날 조롱하듯 낄낄 웃으며 엉덩이춤을 추었다. 나는 슬그머니 꼬리를 내렸다. 분명한 건 하나도 없었다. 오늘은 무언가 뒤바뀌거나 혹은 아주아주 약간 틀어진 날이었으니까. 마음 편히 져 주기로 했다.

파리지옥에 날아드는 파리처럼 내 눈은 가격표에 꽂혔다. 39,800원.

마음속에서 천사와 악마가 팽팽하게 맞섰다.

'사라! 사!'

'안 돼! 너무 비싸!'

점원 언니가 짐짓 너스레를 떨었다.

"히야~ 꼭 맞네. 어때? 편하지?"

나는 힘없이 말했다.

"네—. 정말 예쁘네요."

"샌들 사면 코사지는 덤으로 끼워 줄게. 샌들에 떼었다 붙였다 할 수 있어서 코디 할 때 쓸모가 많을 거야."

언니는 코사지를 들고 곧바로 시범을 보였다. 나는 더욱 그 샌들이 마음에 들었다. 아니, 샌들이 나를 마음에 들어하는 거겠지.

나는 머릿속으로 재빨리 계산기를 두드렸다. 내겐 오늘 아침 엄마에게 받은 삼만 원과 독서실비, 학원비, 교재비에서 삥땅 쳐서 틈틈이 모은 돈 육만이천 원, 거기다 엄마 몰래 아빠에게서 받은 용돈 이만오천 원이 아직 고스란히 남아 있었고, 엄마가 시장 갈 때 들고 다니는 동전 지갑에서 빼낸 오백 원짜리와 천 원짜리가 모두 합해 구천 원쯤 됐다. 이걸 모두 더하면 십이만육천 원. 거금이라면 거금이었지만 앞으로 샌들 말고도 사야 할 게 많았다.

리더가 아쉬워지는 순간이었다. **리더**가 옆에 있었다면 주저 없이 깎아 달라고 했겠지만 난 어쩐지 그런 말을 하기가 어려웠다.

나는 샌들에서 코사지를 떼었다 붙였다 하며 뜸을 들였다. 도저히 입이 떨어지질 않았다.

아무 말도 못하고 쩔쩔 매는 내가 답답했는지 점원 언니가 큰 소리로 밀어붙였다.

"보아하니 학생인 것 같은데, 에이, 내가 인심 쓴다. 딱 삼만오천 원만 받을게. 이 정도면 거저다 거저. 어떻게, 살래?"

나는 언니의 맘이 바뀔세라 얼른 지갑에서 돈을 꺼내 주었다. 샌들이 언니에게 건 최면이 풀리면 곤란하니까. 그래도 샌들은 나를 어떻게 해서든 차지했겠지만 말이다.

난 그 푸른색 새틴 샌들을 신고 가겠다고 했다. 샌들이 그러길 원했다.

언니는 내가 벗어 둔 학생화를 보고 말했다.

"어머나! 학생화도 오랜만에 보니까 참 예쁘네."

언니는 나를 보고 씩 웃으며 학생화를 비닐봉지에 넣어 주었다.

어른들은 향수에 젖어 곧잘 이런 말을 한다. 학생은 교복 입은 모습이 제일 예뻐 보인다고. 학생은 학생답게 단정하게 하고 다니는 게 최고라고. 그들에게 예뻐 보이는 것이, 그들에게 최고로 보이는 것이 나에게 대체 어떤 의미라는 건지. 난 이해할 수가 없었다.

학생화에겐 미안한 일이었지만 난 한동안 샌들만 보며 걸었다. 샌들 위엔 공짜로 얻은 코사지가 전리품처럼 자랑스럽게 붙어 있었다. 하지만 사실은 샌들과 코사지 안에 그들의 전리품인 내 발이 꽁꽁 묶여 있었다.

내게 새 샌들을 감상할 충분한 시간을 준 뒤에 조심스럽게 말을 건네는 목소리가 있었다. 그 배려심 깊은 목소리는 손에 들린 비닐봉지 속에서 들려왔다.

"샌들 씨는 네가 발톱에 빨간 매니큐어만 칠하지 않는다면 널 기꺼이 받아들이시겠대. 좀 과묵하고 엄격한 분인 것 같긴 하지만 잘 지내 보려고…… 날 버리진 않을 거지?"

마음에 안 든다고 함부로 대하던 학생화에게 그런 소리를 들으니 갑자기 미안해졌다. 나는 학생화를 안심시키려고 고개를 끄덕였다. 내겐 학생화를 버릴 이유가 없었다. 버려 봤자 엄마가 또 똑같은 것을 사 줄 게 뻔한데 뭐 하러 그러겠는가. 엄마의 눈속임 및 입막음용으로라도 학생화는 꼭 필요했다. 물론 샌들 씨가 마음만 먹는다면 아무 때고 날 유혹해 학교에서든 엄마 앞에서든 날 난처하게 만드는 일쯤이야 얼마든지 가능할 터였다. 내가 할 수 있는 일이라고는 샌들 씨가 강한 흡인력만큼이나 분별력 있는 신발이기를 기대하는 일이 고작이었다. 그렇게 하는 수밖에 나로서는 별도리가 없었다. 신발은 샌들 씨였고 사람은 나였으니까.

어느 틈에 내 다리를 타고 내려간 녀석은 샌들 위에 꽂힌 코사지를 바스락대며 장난을 치고 있었다. 녀석! 남은 지금 심난해 죽

겠는데.

샌들 씨가 요구한 가벼운 발걸음으로 신발 코너를 돌자 **애정과다**가 보였다. **애정과다**는 수영복 가게 앞에서 실랑이를 벌이고 있었다.

가까이 가서 들어 보니, **애정과다**의 요점은 "왜 가게에서 원피스형 수영복은 팔지 않느냐"는 거였다. 그리고 점원의 요점은 "유행하지 않는 걸 쌓아 두고 있어 봤자 팔리지도 않을 뿐더러 손님들도 그런 가게는 둘러보고 싶어하지 않는다"는 거였다.

그때 **리더**가 다가와서 참견했다.

"바보냐? 요새 누가 촌스럽게 위아래가 붙은 수영복을 입냐?"

리더의 질책이 끝나기 무섭게 쌍둥이처럼 똑같은 목소리 두 개가 겹쳐서 들렸다.

"어얼~ 얘가 뭘 좀 아는데? 그래 봤자 '사람' 이지만. 큭큭."

애정과다는 애꿎은 나에게 항의했다.

"그치만 난 비키니는 도저히 못 입겠는걸. 나더러 어쩌라고."

그러자 또다시 새침한 목소리 둘이 한꺼번에 껴들었다.

"얘가, 얘가, 우리가 할 말을 자꾸만 가로채네. 마음에 안 드는 짓만 골라 하는군. 됐어! 우리 비키니 시스터즈도 너 같은 애송이는 도저히 못 입어 주겠다, 얘."

이제 나는 놀라지도 않았다. 나는 놀라운 적응력의 소유자였으니까.

어디서 나타났는지, **요원K**도 불쑥 껴들었다.

"비키니 못 입겠다고? 그럼 수영장엔 못 가겠네. 아님, 벌거벗고 수영하든가."

"너, 네 일이 아니라고 어떻게 그런 말을! 누가 뭐래도 난 수영장 꼭 갈 거야."

애정과다의 항의에 **요원K**가 어림도 없다는 투로 말했다.

"그렇게 생떼를 쓴다고 뭐가 달라지냐? 촌스럽게! 너 남친 앞에서 청순한 척하려고 원피스 수영복 찾는 거지? 안 봐도 다 안다. 왕내숭!"

애정과다는 상처 받은 얼굴을 했다.

내가 난처한 얼굴로 **리더**를 바라보자 **리더**도 어쩔 수 없다는 듯 이마에 주름을 잔뜩 지어 보이고는 가 버렸다. **애정과다** 스스로 자초한 화를 입은 것뿐이라는 투였다.

요원K가 차갑게 잘라 말했다.

"어린애처럼 징징대긴."

그러자 두 목소리가 호들갑을 떨며 큰 소리로 이야기하기 시작했다.

"어마, 어마! 우리보다 더 웃 같은 애가 여기 있었네! 얘는 사람하긴 참 아깝다. 우리 편으로 만들면 좋겠다. 어때, 언니야?"

"신중해, 동생아. 잰 다이어트를 너무 해서 성냥개비처럼 말라비틀어졌잖아. 섹시함이 미덕인 우리 자매가 절대 소화 못 할 거야. 상상해 봐. 허수아비를 입은 우리 모습을. 재 때문에 우리까지 꼴사나워 보이지 않겠어?"

"그건 그렇겠다. 사람 입다 체하면 무섭지. 사람엔 약도 없다던데. 킥킥. 살 좀 포동포동하게 찌고 가무잡잡한 애 보이면 그때 가서 침 발라야지. 쟤는 아웃!"

이들의 목소리가 어찌나 크던지 귀가 다 얼얼했다. 이렇게 크게 자신에 대해 떠들고 있는데도 **요원K**에겐 이 소리가 들리지 않는가 보다. **K**는 태평하게 손가락으로 귀를 후비며 **애정과다**를 비웃고만 있었다.

얼마 후, **날개옷**이 전화를 돌려 모든 멤버를 에스컬레이터 앞으로 소집시켰다. 하지만 모인 멤버는 나를 포함해 모두 넷뿐이었다.

리더가 내게 설명했다.

"**애정과다**는 남친한테 선물할 옷을 둘러봐야겠다며 빠졌어."

우리 모두 알고 있었다. 사실 그건 핑계일 뿐이며, **애정과다**는 속이 상해서 우리가 안 보이는 곳으로 도망친 거라는 걸. 그러나 아무도 내색하지 않았다. 녀석마저 그 사실을 외면하고 내 배 위에 드러누워 낮잠을 자려 하고 있었다.

우린 4층 남성 캐주얼 매장과 3층 남성 정장 매장을 차례로 건너뛰고 곧바로 2층 여성 캐주얼 매장으로 내려갔다. 모두들 썩 유쾌하지 않은 표정이었다. **날개옷**만 빼고. 에스컬레이터를 타고 내려가는 내내 **날개옷**은 자신이 산 가방 얘기에 여념이 없었다.

"글쎄, 점원 언니는 자꾸만 미니 크로스백을 사라고 하는데 난 그게 영 마음에 안 드는 거야. 귀엽긴 한데 크로스 백은 나한테 이미 많이 있잖아. 그래서 난 징이 잔뜩 박힌 이 숄더백을 선택했지. 애초부터 이걸 사려고 마음먹었던 건 아니지만 어쨌든 난 이 숄더백이 아주 마음에 들어."

날개옷의 이야기를 듣고 있자니 괜한 심통이 났다. 상가 어딘가를 혼자서 쏘다닐 친구는 안중에도 없고 자기 옷에만 관심을 두다니. 예전부터 느꼈던 거지만 **날개옷**은 옷을 빼면 텅 빌 것 같았다. 어쩌면 자기 자신마저도 그 애의 관심 대상이 아닌 듯했다.

나는 **날개옷**의 말에 어깃장을 놓고 싶었다.

'흥! 보진 못했지만 그 미니 크로스백은 **날개옷**을 거들떠보지도 않았을 거야. 그래서 크로스백을 살 수 없었던 거라구. 크로스백은 이미 다른 애를 안주머니 속에 품어 두고 있었던 게 틀림없어.'

이제 난 모든 걸 알고 있었다. 현명한 소비라고 믿는 배후에 옷의 의지가 작용하고 있음을.

난 입을 꾹 다물었다. 녀석은 코까지 골며 쿨쿨 자고 있었다. 오직 **날개옷**만이 끊임없이 떠들었다.

하지만 나라고 별 수 없었다. 고고한 척했지만 2층 매장이 내려다보이는 곳에서부터 난 와르르 무너졌다. 그 곳은 우리들의 천국이었다. 아이들이 이리저리 손가락질을 하며 소란을 떨자 나도 가만히 있을 수가 없었다. 나는 아이들이 가리키는 옷들을 정신없이 눈으로 좇으며 한 마디 한 마디에 장단을 맞추어 주었다.

"야야야, 저기 좀 봐. 어제 가요 프로에서 효미가 입고 나왔던 거랑 비슷하지?"

"그러게. 정말 똑같다."

"와우! 저건 현정 스타일? 끝내 준다."

"어쩜, 죽인다! 죽여!"

"이거 어때? 딱 내 스타일이야~ 저것도!"

"오오—. 나도, 나도! 원츄~"

아이들은 에스컬레이터에서 내리자마자 눈독 들였던 옷 쪽으로 뿔뿔이 흩어졌다. 하지만 나는 멀뚱히 서서 갈팡질팡하고 있었다.

사람들이 뒤에서 불평하는 소리가 들렸다. 내가 에스컬레이터 앞을 가로막고 서 있었던 것이다. 나는 얼른 비켜서서 주위를 두리번거렸다. 제일 먼저 **리더**가 눈에 띄었다. 티셔츠 마니아답게 티셔츠 가게 앞에 서 있었다. 난 그쪽으로 가 보았다.

리더와 있으면 내가 어떤 옷을 사야 할지 뚜렷해지는 것 같아서 마음이 편했다. 가끔 옷값을 깎을 때나 옷의 실용성만을 여러 번 강조할 땐 꼭 엄마가 연상돼서 좀 그랬지만. (언젠가 **요원K**가 **리더**를 보고 "몸매도 마치 엄마 같다"고 해서 대판 싸움이 날 뻔한 적도 있었다.) 어쨌든 **리더**가 사라고 하는 옷을 사서 후회한 적은 별로 없었다. 다만 그 옷엔 선뜻 손이 가질 않는 게 문제였다. 왜 그런지는 나도 잘 모르겠다. 그냥…… 잘 안 입게 됐다. 나는 내 취향을 정확히 모르지만 아마도 **리더**와 취향이 달라서가 아닐까 조심스레 추측해 본다.

리더는 유머러스한 옷을 좋아했다. 옷을 통해 조금이나마 유쾌해지고 싶다나. 물론 **리더**에게 있어 '실용성'은 옷의 기본이었다.

문득 난 **리더**의 눈길이 내 발에 와서 머물고 있음을 깨달았다. 난 새로 산 내 샌들이 잘 보이게 신발 모델의 다리 포즈를 흉내 냈지만 **리더**의 표정이 지나치게 진지한 것을 보고는 곧 그만두었다. 갑자기 마음이 불편해졌다.

리더가 자못 엄숙한 말투로 말했다.

"널 위해서 하는 말인데, 그 샌들은 영 아니다. 박음질이 너무 엉성하잖아. 금방 끊어질 거야. 당장 가서 바꿔 와."

리더는 '날 위하는' 것도 엄마와 비슷하다.

"어서. 다 널 위해서 하는 말이야."

같은 말을 여러 번 하는 것도…… 날 다그치는 것도……

나는 이렇게 얼버무렸다. 엄마에게 하듯이 이렇게.

"알았어. 좀 이따가."

다행히 **리더**는 내 샌들에서 관심을 돌렸다. 샌들을 다시 보지 않는 한 영영 이 일을 떠올리지는 않을 터였다. 그러나 샌들이 또 다시 **리더**의 눈에 띈다면 토시 하나 빼먹지 않고 오늘과 똑같은 소리를 할 것이다. 그리고 그 애가 우려했던 일이 현실로 일어난다면 그땐 며칠 동안 잔소리 들을 각오를 해야 한다.

이런 식으로 말이다.

"거 봐. 내가 경고했지? 내 말 안 듣더니 꼴좋다."

이때의 말투 또한 엄마와 비슷하다.

우리 쇼핑 멤버들은 저마다 **리더**가 모르는 비밀을 한 가지씩 간직하고 있었다. **요원K**에겐 눈 깜짝할 사이 난롯불에 녹아 버린 비닐 점퍼가, **애정과다**에겐 딱 한 번밖에 못 해 보고 부러진 헤어 밴드가, **날개옷**에겐 십 분만 가랑비 속에 서 있으면 비가 줄줄 새는 우산이, 그리고 내겐 떨어져 나간 단추와 똑같은 단추를 구하지 못해 입지 못하는 재킷이…… **리더**는 족집게 도사처럼 이 모든 것을 예측하고 우리에게 누차 경고했었다.

리더는 자신의 탁월한 선견지명이 외할머니와 친할머니를 어려서부터 함께 모시고 자란 가정 환경 덕분이라고 했다. 그렇지만 그런 **리더**마저도 잔소리를 애정이라고 착각하는 할머니들이 답답하다며 불평할 때가 있었다. 그럴 때 나는 웃음만 나왔다.

리더는 쌓여 있는 티셔츠 더미 속을 부지런히 헤집으며 마음에 드는 티셔츠를 추려 냈다. 그러다 맨 밑바닥에 깔려 있던 커다란 티셔츠를 발견했을 땐 "심봤다!" 하고 외쳤다. 그때까지 내 배 위에서 곤히 자고 있던 녀석은 그 소리에 놀라 잠에서 깨고 말았다. 녀석은 발을 구르며 투정을 부렸다.

리더는 몸을 한껏 뒤로 젖혀 그 티셔츠를 제 몸에 대어 보았다. 거울에 비친 자신의 모습이 만족스러웠는지 그 모습을 내게도 보여 주었다. 내 반응이 신통치 않자 **리더**는 요즘 잘 나가는 코미디언의 표정과 말투를 똑같이 따라 했다.

그걸 본 나와 그 가게 주변 점원들은 일제히 웃음을 터뜨렸다. **리더**는 신이 나서 재방송을 해 주었다. 나는 사람들이 모두 웃음을 그친 뒤에도 웃음이 멎질 않아서 배꼽을 잡고 한참 고생을 했다.

리더는 티셔츠 두 벌 값에 세 벌을 얻었다. 하루 종일 상가 안에 갇혀서 손님들에게 시달리는 점원들을 웃겨 준 덕택이었다. **리더**는 셋 중 하나를 내게 공짜로 넘겼다. **리더**에겐 정말 미안했지만 기분파인 것도 정말 엄마와 꼭 닮았다.

나는 **리더**에게 받은 티셔츠를 보고 흥분해서 마구 침을 튀기며 말했다.

"야! 이건 배꼽티야! 너 이거 나 주고 후회하지 않을 자신 있어?"

그러자 **리더**는 뾰로통한 표정을 지어 보였다.

"배꼽이 보이는 건 하나도 재미없어."

리더는 듣지 못했지만 **리더**를 위로하는 목소리가 있었다.

"난 유머 감각이 넘치는 친구들을 좋아하지만, yo!

저 친군 안쓰럽게도 자기 배꼽에 콤플렉스를 가지고 있다네, A—Ha!

난 그다지 까탈스러운 성격은 아니지만, ye!

콤플렉스는 사양이라네, 사양!

하지만 girls—,

털털한 성격으로 탈탈 털고 일어나라—. 탈탈 털고 일어나라—."

배꼽티는 수준급 래퍼였다. 내가 그의 음악을 **리더**에게 전해주었다면 **리더**는 분명 감동 받았을 것이다. 그러나 곤란하게도 내 입에선 웃음소리가 나오고 말았다.

"와하하!"

나도 어쩔 수가 없었다. 지금은 명백히 **리더**를 위로해 줘야 할 상황이었지만 나는 배꼽티가 너무너무 입고 싶었으니까.

리더가 어이없다는 표정으로 말했다.

"짜아—식! 그렇게 좋냐?"

"당근이지~"

리더는 내 얼굴을 빤히 바라보다가 내 머리를 쓰다듬었다. 머리가 엉망으로 헝클어졌지만 군말 없이 당하고만 있었다. 내게도 배꼽티가 생겼다! 배꼽티가!

나는 **리더** 앞에서 엄숙하게 선언했다.

"말리지 마. 나 이제부터 뱃살 관리 들어간다."

"치! 배꼽티 하나 갖고 오도방정은! 네 뱃살 네가 삶아 먹든 구워 먹든 맘대로 하셔!"

리더는 다음 티셔츠 집을 향해 걸어갔다. 나도 그 뒤를 따르려고 했지만 갑자기 어디선가 **요원K**가 튀어나와 내 팔을 잡아당겼다.

리더가 뒤를 흘끔 돌아보고는 말했다.

"아주 낚아채 가는군."

요원K는 자신이 찜해 둔 옷이 있는 곳으로 날 데려갔다.

"이거 어때? 샤방하지? 입어 봐. 너한테 딱일 것 같아."

그건 등에 후드가 달린 핑크색 원피스였는데 가슴 부분에 앙증맞은 만화 캐릭터가 그려져 있었다. 핑크색도, 캐릭터도 전혀 내 키지 않았다.

"이건…… 좀 아니지 싶은데……?"

요원K가 내 손을 잡고 흔들며 몸을 배배 꼬았다. **K**의 특기인

'조르기' 가 시작된 것이다.

"야아—. 한 번만 입어 봐아—. 너 입은 거 보고 싶단 말야. 응?"

이럴 땐 그냥 눈 딱 감고 입어 주는 게 상책이다.

"어휴, 알았어."

나는 탈의실에 가서 그 원피스를 입어 보았다. 탈의실 안에 걸린 전신 거울에 비추어 보니 어른이 아동복을 입은 것처럼 영 안 어울렸다.

한데 원피스 가슴에 박혀 있던 만화 캐릭터가 내게 찡긋 윙크를 하며 말을 걸어 왔다.

"유후~ 자긴 내가 찜했다우. 아잉, 부끄러워라. 몰라, 몰라!"

오, 이 징그럽게 애교 넘치는 옷을 내가 꼭 입어야 한단 말인가, 정녕?

난 탈의실 밖으로 나가고 싶지 않아졌다. **요원K** 앞에서 어떤 표정을 지어야 할지. 아무래도 웃음은 안 나올 것 같았다. 하지만 **요원K**가 내 모습을 보고 싶어해서 하는 수 없었다. 나가야 했다.

탈의실 밖에서 기다리고 있던 **요원K**가 날 거울 앞에 세우고 말했다.

"정말 귀엽다. 그치, 그치, 그치?"

"으…… 응. 나쁘진 않네……"

"너 이거 사라."

"……"

나는 어떻게 거절해야 할지 몰라 거울만 들여다봤다. **요원K**가 내 볼을 꼬집으며 말했다.

"아유~ 깜찍해라!"

결국 난 그 원피스를 사고 말았다. 과연 그게 잘하는 짓인지는 끝까지 의문으로 남았지만.

어쨌거나 예기치 못한 지출 오만사천 원. 대형 출혈이다!

아마 이 옷은 **요원K**의 옷장에서 썩고 말 것이다. 내가 자진해서 이 옷을 찾을 일은 없을 테니까. 그래도 난 이 애교 만점 원피스의 뜻을 거스를 수 없다. 선택하는 건 그쪽의 몫이니까. **요원K**의 뜻도 거스를 수 없다. **요원K**는 '**나의 멋쟁이 패션 요원**'이었고 날 위해 막중한 임무를 수행하고 있으니까. 그 일이 보기엔 간단해 보여도 실제론 꽤 귀찮은 일일 터였다. 그런 일을 대신해 줄 친구를 찾기란 결코 쉽지 않을 것이다.

난 그 원피스에 대해 불평할 수 없었다.

6

최강 쇼핑 멤버, 해체 위기를 맞다

내가 옷값을 계산하고 있을 때 그 옆을 지나던 **리더**가 내 팔에 걸린 원피스를 보고 한 마디 했다.

"설마, 그거 네가 입으려고 사는 건 아니겠지?"

내가 난처한 표정을 짓자 **요원K**가 냉큼 껴들었다.

"아줌만 좀 빠지시지."

리더가 **요원K**를 매섭게 노려보았다.

"너, 다시 한 번 말해 봐. 방금 뭐라고 했어?"

"아줌마 귀먹었어? 좀 빠지라고 했다. 왜?"

요원K는 일부러 **리더**의 화를 돋우고 있었다. 내 가슴이 콩닥콩닥 뛰기 시작했다. 이러다 얘들이 정말로 싸우면 어쩌지?

녀석은 내 어깨 위에 올라서서 겅중겅중 뛰었다. 싸움 구경이 어지간히 기대되는 모양이었다.

리더가 분을 삭이며 낮은 목소리로 말했다.

"너…… 말 다 했어?"

요원K는 그런 **리더**가 재미있다는 듯 빙글빙글 웃기만 했다.

리더가 말했다.

"솔직히 나, 너 옛날부터 맘에 안 들었어. 자꾸 내 취향이 후졌다는 식으로 말하는데……"

요원K가 **리더**의 말허리를 톡 잘랐다.

"진짜로 후졌으니까!"

요원K는 여린 속살을 꼬집는 듯한 말투를 굳이 선택했다. 아픔을 끄집어내는 갈고리 같은 말투.

주변에 있던 가게 점원들이 흘끔흘끔 쳐다봤다. 쇼핑을 하던 손님들도 심상치 않은 분위기를 느끼고 우리 주위로 몰려들기 시작했다. 애들 목소리를 들었는지 **날개옷**이 사람들 틈을 비집고 들어왔다.

내가 중재에 나섰다.

"왜들 이래. 열 좀 식히고, 그만 풀자."

리더가 내 손을 세게 뿌리치며 말했다.

"놔! 나 그 동안 애한테 쌓인 거 무지 많거든. 그 동안은 참아

줬지만 오늘은 꼭 짚고 넘어가야겠어."

리더는 싸움소처럼 씩씩대며 **요원K**에게 달려들려고 했다. 나는 눈을 질끈 감고 **리더**를 뒤에서 껴안았다. 하지만 **요원K**는 자꾸만 **리더**의 화를 부추겼다.

"야, 놔 줘라. 툭하면 센 척하는데 어디 실제로 얼마나 센지 오늘 한번 확인해 보자."

그러면서 **요원K**는 **리더**의 어깨를 슬쩍 밀었다.

우리 주위를 둘러싸고 있던 손님들 사이에서 휘파람 소리가 들렸다.

원피스 가게 아주머니가 말했다.

"거기 학생들! 딴 데 가서 싸워. 왜 하필 우리 가게 앞에서 이러는 거야?"

날개옷도 거들었다.

"그래. 그만들 좀 해. 이거 완전 민폐다. 다들 쳐다보잖아."

하지만 애들은 막무가내였다. 서로의 어깨를 한 번씩 툭툭 건드리며 탐색전을 벌이고 있었다.

"안 되겠다. 피신하자!"

날개옷이 갑자기 내 손을 꽉 붙잡았다. 우린 사람들 틈새를 파고들어 그 곳을 빠져나갔다. 난 엉겁결에 **날개옷**을 따라서 뛰고 있었다. 드디어 싸움이 터졌는지 뒤에서 사람들의 야유 소리가 들렸다.

나는 **날개옷**의 손에서 내 손을 빼내며 말했다.

"가서 말려야 되는 거 아냐? 재네 둘 다 성질나면 물불 안 가리는 타입인데……"

날개옷이 내 팔을 붙잡고 말렸다.

"야야, 됐거든. 냅둬. 내 언젠가 이런 날이 올 줄 알았어."

"그래도……"

날개옷이 내 팔을 잡아끌며 말했다.

"쉿! 나 아직도 사야 될 거 무지 많거든. 가자!"

우리는 싸움이 일어난 곳의 반대편 끝 쪽 매장으로 갔다. 그 곳은 아주 평화로웠다.

나는 발을 동동 구르며 우리가 왔던 곳을 뒤돌아보았다. **날개옷**이 옷걸이에 걸린 남방을 만지작거리며 태연히 말했다.

"재넨 기분 좋게 옷 사러 와서 왜 저런대냐?"

날개옷이 체크 남방을 내게 보이며 물었다.

"이거 어때? 색깔 특이하지?"

"넌 이 상황에 옷이 눈에 들어오냐?"

내가 비난 조로 말하자 **날개옷**이 남방을 옷걸이에 도로 걸며 말했다.

"애도 아니고. 알아서들 하겠지. 정 불안하면 이따 전화나 한번 때려 보든가. 지금 가면 일만 더 커져."

나는 크게 한숨을 쉬었다. 싸우는 데 끼는 건 솔직히 좀 겁이 났다. 나는 **날개옷**을 따라다니기로 했다.

너무 비겁한 건가?

7
오오! 부디 내 옷이 되어 줘

날개옷은 끊임없이 말했다.

"지금까지 리본 레깅스하고 징 숄더백, 이렇게 두 가지밖에 못 샀어. 아직도 봐야 할 게 쌔고 쌨는데. 벌써 다리가 아프려고 그러네. 쩝."

"셔링 재킷 유행이라고 해서 샀는데 잘한 건지 모르겠어. 근데 이거 셔링이 너무 과한 것 같지 않니? 셔링 때문에 다른 재킷보다 만 원 더 비싸던데. 인제부터 외출할 땐 만날 이것만 입어야지. 빨리빨리 안 입으면 구식이 돼 버리잖아."

"롱니트는 무슨 일이 있어도 반드시 사고 싶어. 로맨틱 스타일로. 근데 안 어울리면 어쩌지? 너도 알다시피 내가 좀 통통한 편이잖아. 그래도 그게 유행이니까 입어 줘야지. 근데 사만오천 원 넘으면 절대로 안 살 거야. 만약에 내가 사만오천 원 넘는 롱니트를 사려고 하면 네가 좀 말려 줘. 꼭이야."

날개옷이 하는 말을 듣고 있자니 현기증이 일었다. 인간이 하루에 들을 수 있는 용량을 초과했나 보다. 머리가 체한 것 같은 느낌이었다.

한순간 눈앞이 캄캄해졌다. 그와 동시에 귀도 먹먹해졌다. 잠깐 동안 내 주변에서 일어나고 있는 모든 것들로부터 거리감이 느껴졌다. 세상으로부터 튕겨져 나간 듯했다.

나는 당황하지 않았다. 오히려 편안했다. 지금 이 상황은 아마도 보호 본능 때문이리라. 느긋한 짐작.

얼마쯤 우주를 부유했을까. 세상은 다시금 서서히 밝아졌고 소리도 띄엄띄엄 들리기 시작했다.

날개옷이 내 눈 앞에서 손바닥을 흔들고 있었다. 그 모습이 마치 느린 화면처럼 보였다.

"괘앤차아아—않아아?"

날개옷의 목소리도 화면 속도에 따라 괴상하게 늘어졌다. 꼭 남자 목소리 같았다.

"괜찮아? 왜 그래?"

날개옷이 다시 물었을 땐 모든 것이 제자리로 돌아온 듯했다.

나는 고개를 끄덕였다.

"으응. 좀 어지러워서. 이제 괜찮아."

날개옷이 마네킹에 입혀져 있는 니트를 만지작거리며 말했다. 한쪽 어깨가 드러나는 반짝이 롱니트였다.

"니트 부인, 어쩜 그리도 고우세요. 좀 전에 산 리본 레깅스 위에 부인을 입으면 환상이겠네요. 제겐 부인에게 꼭 어울릴 만한 벨트와 목걸이도 있답니다. 부인 마음에 쏙 드실 거예요. 어때요? 제 옷이 되어 주시겠어요?"

나는 뭔가 잘못되어 가고 있다고 생각했다. 내 눈과 귀엔 마치 **날개옷**이 니트에게 아양을 떨며 꼬드기는 것처럼 느껴졌다. 나는 엄지손가락으로 관자놀이를 꾸욱, 눌렀다.

그때 **날개옷**이 팔꿈치로 내 팔을 톡톡 치며 물었다.

"네 생각은 어때?"

"……뭐?"

내가 당황해서 되묻자 **날개옷**이 다시 말했다.

"못 들었어? 이 롱니트 정말 예쁘지 않냐구. 아까 산 레깅스 위에 입으면 환상이겠지? 거기다 접때 산 통가죽 벨트랑 터키석 목걸이로 코디 하면 근사할 거야. 탤런트 염수정도 드라마에서 그렇게 입고 나오잖아."

날개옷은 이렇게 말하며 롱니트를 몸에 대 보고 있었다. 최대한 롱니트에 어울리는 여성스러운 표정을 지으면서. 그러나 내 눈엔 그런 행동마저도 옷에게 잘 보이려고 애를 쓰는 것처럼 보였다. 이마에서 식은땀이 났다.

'꼭 그렇게까지 해 가면서 그 옷을 입어야겠어?'

이 말이 목구멍까지 올라와 숨이 막혔지만 내뱉을 수가 없었다. **날개옷**은 십만 원이 훌쩍 넘는 그 롱니트를 사고야 말았다. **날개옷**은 대단한 강심장이거나 대단한 아첨꾼, 둘 중 하나인 게 분명했다.

우리는 청바지 가게로 옮겨 갔다.

날개옷은 꼭 끼는 청바지를 시도해 보고 싶다며 탈의실에 들어갔다. 나는 바깥에서 기다렸다. 그때 또 다시 현기증이 일며 아까와 같은 현상이 반복되었다.

탈의실 안에서 **날개옷**이 낑낑대는 소리가 들렸다.

"제발 조금만 더 올라가 주세요. 당신을 못 입으면 소외감 느낀단 말이에요. 이제부터 날마다 저녁 굶을게요."

이건 또 무슨 엉뚱한 소리일까. 머릿속에서 잡음이 계속 웅웅거렸다.

날개옷은 아직도 설득 중이었다.

"제가 마음에 안 드신다고요? 아이참. 다이어트 한 보람도 없이 왜 이러십니까. 다시 한 번 생각해 보세요. 저, 당신께 누가 되지 않도록 노력할게요. 저를 폼 나게 입어 주세요."

그 뒤로도 약 삼십 분 동안 **날개옷**은 청바지에게 애걸복걸했다.

'소용없어. **날개옷**은 성격 좋은 바지나 입지, 다른 바지들은 입으려 들지 않을 거야.'

나는 쉽게 체념했지만 **날개옷**은 그렇지가 않았다. **날개옷**은 탈의실 안에서 좀처럼 나오지 못했다.

'옷 앞에서 사람은 기꺼이 망가지는구나. 여태껏 나도 저렇게 비굴해 보였을까?'

조금 뒤 **날개옷**은 새빨개진 얼굴로 탈의실에서 나왔다.

"허벅지에 걸려서 안 올라가."

금방이라도 울 것 같은 목소리였다.

8

스커트냐 핫팬츠냐 그것이 문제로다

우리는 수선집 앞 대기자용 벤치에 앉아서 차가운 캔 커피를 나눠 마셨다.

어깨도 뻐근했고 무엇보다 다리가 떨어져 나갈 것 같았다. 나는 다리를 쭉 뻗었다. 줄곧 비협조적으로 굴던 녀석이 웬일로 내 다리를 주물렀다. 기특한 녀석! 녀석이 조금은 좋아지려고 그런다.

날개옷은 지금까지 자신이 산 옷들을 꺼내 보더니 내 쇼핑백 안을 훔쳐보며 물었다.

"넌 뭐 더 살 거 없니?"

"고민 중이야."

나는 **날개옷**이 내가 산 물건들을 꺼내 보도록 내버려 두었다.

전에는 옷을 사러 오면 사고 싶은 게 너무 많아서 탈이었다. 그런데 오늘은 좀 이상했다. 왜 내가 옷을 사야 하는지 회의감이 밀려들었다. 옷들이 날 거부하나?

날개옷은 내 쇼핑백에서 원피스를 꺼내어 보더니 못마땅한 표정을 지었다.

"고민 중이라고? 그럼 나하고 의논해 봐."

나는 수선집 앞에 줄 서 있는 사람들을 무심하게 바라보며 머릿속에 떠오르는 대로 지껄였다.

"자수가 들어간 집시풍 랩 스커트랑 가죽으로 된 타이트한 핫팬츠. 너라면 둘 중에 뭘 선택할래?"

"으아! 어렵다, 어려워. 둘 다 사긴 물론 힘들겠지?"

나는 고개를 끄덕였다.

"당연하지. 예쁜 옷은 많고 돈은 한정되어 있으니까."

"그래. 맞아. 음…… 네 생각에 어느 것이 네게 더 잘 어울리는 것 같은데?"

"글쎄. 스커트는 많이 입어 봤지만 핫팬츠는 아직 안 입어 봤으니까…… 잘 모르겠어."

"그럼, 간단하네. 입어 보고 결정하자."

날개옷이 일어나려고 했다. 나는 그런 그 애를 도로 자리에 앉혔다.

"입어 본 다음엔? 둘 중에 어느 게 내게 더 잘 어울리는지 어떻게 알지?"

"그야……"

날개옷은 말을 잠시 중단했다가 이었다.

"그러게. 어떻게 알지?"

"문제는 또 있어. 스커트가 더 잘 어울린다고 치자. 근데 핫팬츠가 입고 싶으면 어쩌지?"

그러자 **날개옷**이 피식 웃었다.

"네 욕구의 요점이 핫팬츠라면 핫팬츠를 입어. 어울리든 어울리지 않든 입어서 네가 좋다면야 누가 말리겠어? '나는 핫팬츠 애호가로소이다!' 하고 막 우기거나, '난 내 취향을 무엇보다 존중하는 개성파 패션 리더' 라고 너 자신을 소개하면 그만이지. 다만 각오는 해야 할 거야."

"무슨 각오?"

"사람들의 시선을 견딜 각오. 네가 핫팬츠를 입고 싶을 때에 맞추어 언제나 핫팬츠가 유행하지는 않을 테니까. 그리고 네가 어떤 다리와 엉덩이를 가졌든 네게 핫팬츠가 안 어울린다고 생각할 사람은 언제나 이 지구상에 한 명 이상 존재할 테니까."

"그렇담 사람들의 시선에 신경 쓰지 않는 법을 터득해야겠군."

"핵심은 자신감이야. 자신감도 일종의 옷이거든. 그 옷은 사람의 결점을 커버해 줄 뿐 아니라 결점을 장점으로 바꾸어 주기도 하지. '자신감을 입은 사람에겐 결점이 없다. 개성이 있을 뿐이다.' 내가 남긴 명언으로 기억해 줘."

나는 **날개옷**의 얼굴을 뚫어져라 바라보았다. 이럴 때 **날개옷**은 가벼운 듯하면서도 자못 진지했다.

내가 물었다.

"그러는 넌 자신감을 입고 있니?"

"나? 보면 몰라? 난 그냥 무난한 옷을 입어. 외로운 건 질색이거든. 튀는 건 어쨌거나 외로운 거니까."

날개옷은 벽에 등을 기대어 잠시 생각한 뒤에 말을 이었다.

"나도 알아. 외로움도 견딜 줄 알아야 한다는 거. 하지만 난 고독을 즐길 줄 모르고 상처 받는 일이 무척 겁이 나. 굳이 나를 왕따시킬 빌미를 제공하고 싶지도 않아. 그래서 옷 입을 때 신경을 쓰는 거야. 아마 다들 그럴걸? 하지만 그런다고 문제가 다 해결되는 건 아니더라. 너도 알다시피, 언제나 의상 선택에 성공할 수 있는 건 아니잖아? 아무리 신경을 써도 상처 받는 일은 피할 수 없는 것처럼 느껴질 때가 있어. 그럴 땐 나 자신에게 다양한 꼬리표를 붙여 줘. '진취적인 실험가' 이든 '유행에 도전하는 반항아' 이든 '파격에 파격을 거듭하는 과감한 모험가' 이든 '자신의 스타일을 고수하는 일편단심 충성파' 이든…… 난 얼마든지 나 자신을 그럴 듯하게 포장할 수 있어. 그럼 난 언제나 세련된 멋쟁이일 수 있고 상처 받을 일도 없는 거야."

한동안 침묵이 이어졌다.

뜻밖에도 **날개옷**은 예민하고 깨지기 쉬운 유리구슬을 가슴속에 감추어 두고 있었다. 난 **날개옷**에 대해서 아는 게 별로 없었다. **날개옷**은 우리가 쇼핑할 때마다 꼈지만 옷 이야기에 가려 그 애를 알 기회는 거의 없었다. 그 애를 알려 들지 않은 우리 잘못도 컸지만 **날개옷**도 자신이 드러나는 게 부담스러웠던 게 틀림없다. 쉴 새 없이 옷 이야기를 하며 자신의 알맹이를 가리는 거다.

날개옷이 갑자기 실실거리며 말했다.

"그렇게 진지하게 들을 것 없어. 오늘따라 이상하게 분위기가 감상적으로 흐르는데……"

날개옷은 내게 바짝 다가앉으며 두 손을 모으고 부탁했다.

"방금 내 얘기는 못 들은 걸로 해 주라."

내가 신중한 표정으로 고개를 끄덕이자 **날개옷**이 기분 좋게 하이파이브를 신청했다. 우리는 손뼉을 마주쳤다. 짝!

날개옷이 시계를 보더니 "으악!" 하고 소리를 질렀다.

"벌써 시간이 이렇게 됐어? 나 속옷도 사야 하는데. 어서 일어나자."

무거운 철근덩이처럼 느껴지는 몸을 일으켜 세우며 나는 혼잣

말처럼 중얼거렸다.

"스커트와 핫팬츠라……"

내겐 여전히 답이 없었다.

9

레이스 같은 친구, 나일론 같은 친구

아무래도 마음에 걸려서 우리는 **리더**와 **요원K**가 싸우던 자리로 가 보았다. 그러나 모여 있던 사람들은 모두 흩어지고 둘의 모습은 보이질 않았다. 가게 아줌마들한테 물으니 험악한 표정으로 화장실 쪽을 가리킬 뿐이었다.

아이들은 화장실 앞에서 아직도 티격태격 말다툼을 하고 있었다. 다행히 몸싸움으로 번지지는 않은 모양이었다.

우린 아이들을 좀 더 내버려 두기로 했다.

에스컬레이터에 올라타자마자 **날개옷**이 땅이 꺼져라 한숨을 내쉬었다.

"어휴! 앞으로 둘 사이에 껴서 입장이 난처할 일이 한두 가지가 아니겠구나. **애정과다**가 요즘 **리더**한테 구박을 당하긴 해도 옛정이 있으니까 **리더** 편을 들겠지? 넌 당연히 **K**의 편일 테고."

"별로……"

말끝을 흐렸지만 어쩔 수 없이 선택해야 할 상황이 온다면 나는 **날개옷** 말대로 **요원K**의 편이 되어야 할 것이다. 엄마 마음에 드는 옷만 입고 살 수는 없으니까. 아아, 그런 건 상상만 해도 정말 싫다. 아마도 사람 취급 받긴 힘들 거다. 죽고 싶겠지. 후줄근한 옷을 입은 내 모습을 사람들에게 보이느니 차라리 이 세상에서 영원히 잠수를 타겠다.

날개옷이 말했다.

"아, 난 어느 편에 서야 하나? 맘 같아선 그냥 깍두기 하고 싶은데, 그럼 양쪽 모두에게 적이 되고 말겠지? 이래서 홀수 멤버는 나빠. 균형이 안 맞잖아, 균형이……"

날개옷은 금세 가벼운 말투로 바꿔 말했다.

"에잇! 모르겠다. 그런 일엔 신경 끌래. 결국 제각각이라는 건 변함없을 테니까. 다 집어치우고 속옷이나 구경하자."

어느덧 우리는 지하 1층 속옷 매장에 와 있었다. 우린 매장을 기웃거리기 시작했다.

나는 **날개옷**의 팔짱을 꼭 끼었다. 속옷 구경을 할 땐 누가 뭐라고 하는 것도 아닌데 괜스레 민망해졌다. 발가벗은 것 같은 기분이 든다고나 할까. 이유 없이 위축되곤 했다. 그래서 속옷을 볼 땐 여럿이서 같이 볼수록 좋았다.

나는 **애정과다**에게 전화를 걸었다. 아직 상가 안에 있다면 지하로 내려와 함께 구경하자고 할 작정이었다.

"헛수고 하지 마. 보나마나 통화 중일걸? 남친하고 러브러브~ 쪽닥쪽닥. 으으…… 됐다고 그래."

역시나. **날개옷**의 예상은 적중했다. **날개옷**이 그것 보라는 식으로 어깨를 한 번 으쓱했다.

내가 말했다.

"정말 놀랍다. 난 아무리 사랑하는 사람이라도 스물네 시간을 함께 보내고 싶진 않을 거 같은데."

"사랑은 기적을 일으킨다잖아. 놀라워도 우리 솔로들이 참아줘야지 어쩌겠냐."

그러면서 **날개옷**은 야한 팬티를 내게 집어던졌다. 천은 천 원어치도 안 들어갔을 것 같은 야시시한 팬티였다. 나는 그게 오물이라도 되는 것처럼 비명을 지르며 피했다. 속옷 가게 주인은 질색을 했지만 덕분에 우린 착잡한 기분을 한 방에 털어 내고 한참 동안 깔깔 웃을 수 있었다.

우린 똑같은 디자인에 색깔만 다른 브래지어와 팬티 세트를 하나씩 장만했다. 그냥 그러면 재미있을 것 같았다. 내가 어찌 알겠는가, 수줍은지 도통 말이 없는 속옷들의 속마음을.

지하 속옷 매장에서 나오자 일곱 시가 조금 넘은 시간이었다. 이제 쇼핑은 끝이 났다. 그와 동시에 얘깃거리도 바닥나 버렸다.

우린 말없이 버스 정류장으로 터덜터덜 걸어갔다. 양 손에 든 쇼핑백에서 부스럭부스럭 소리가 났다.

"너 꼭 보따리 장사 같다."

내가 농담을 건넸지만 **날개옷**은 무슨 생각엔가 골몰해 웃지 않았다.

조금 뒤 **날개옷**은 핸드폰을 꺼내어 저장된 사진을 들여다보았다. 내가 궁금해하자 **날개옷**이 사진을 보여 주며 설명해 주었다.

"십 분을 고민하든 한 시간을 고민하든 옷가게에 내려놓고 온 옷들은 두고두고 생각나잖아. 그래서 내가 고안한 방법이지. 미처 못 산 물건은 이렇게 폰카에 담아 놓고 아쉬울 때마다 열어 보는 거야. 그러면 꼭 내 서랍장 속에 넣어 둔 물건을 꺼내 보는 것 같은 기분이 들거든. 이 청바지 기억나? 아까 안 맞아서 못 산 거. 이거 보면 자극 받아서 다이어트 더 열심히 할 수 있겠지? 후후."

날개옷은 버스를 기다리는 동안 핸드폰에 저장된 사진을 죽 넘겨 보았다. 그러다가 입술을 물어뜯으며 말했다.

"아아! 아무래도 안 되겠어!"

내가 눈을 동그랗게 뜨고 물었다.

"왜? 무슨 큰일이라도 났어?"

날개옷은 안절부절못하며 말했다.

"이 스니커 말이야."

날개옷은 핸드폰에 저장된 노란색 스니커 사진을 보여 주며 말했다.

"아무래도 안 사면 무지 후회할 것 같아."

"그럼, 사지 그랬어?"

"돈이 모자라서. 그래서 말인데……"

날개옷이 조심스럽게 물었다.

"너 나한테 만 원만 꿔 줄 수 있어? 내가 다음번 쇼핑 때 갚을게."

다행히 내겐 돈이 꽤 남아 있었다.

"그래."

나는 시원스레 대답하며 돈을 내어 주었다.

"정말 고마워. 에고, 이거 알바를 하나 더 뛰든가 해야지……"

날개옷이 미안해하는 표정으로 물었다.

"나 꽤 걸릴 텐데. 다리 아프지? 너 먼저 집에 갈래?"

난 진심으로 따라가고 싶었다. 여기서 이런 식으로 맨송맨송 헤어지고 싶진 않았다. 그리고 이건 어쩌면 내게도 기회였다. 아까 마지못해 산 원피스를 바꿀 마지막 기회. 하지만 너무 피곤했다.

녀석도 그런 것 같았다.

무척 아쉬웠지만 **날개옷** 혼자 보내는 게 나을 것 같았다. 아까 **날개옷**이 했던 말대로, 결국 제각각이라는 건 변함없을 테니까. 우린 다음번 쇼핑 때 또 만나기로 약속했다.

날개옷은 잠깐 미적거리다가 의류 상가로 부리나케 달려갔다.

그때 전화벨이 울렸다. **요원K**였다.

전화를 받자마자 **K**가 대뜸 이렇게 말했다.

"나 있는 데로 좀 와 줘. 지금 당장."

나는 이제야 아이들이 싸움을 끝냈구나 싶어서 기뻤다.

"**리더**는? 같이 있니?"

"걔가 어딨는지 내가 알 게 뭐냐? 잔말 말고 빨리 이리로 와."

두 아이의 싸움은 결국 안 좋게 끝이 난 모양이었다. 실망스러워서 기운이 쭉 빠졌다.

"네가 이쪽으로 오면 안 돼? 나 지금 정류장인데. 어차피 집에 갈 거잖아."

"어우, 야아—."

목소리만 들어도 **요원K**가 지금 몸을 배배 꼬고 있음을 알 수 있었다. 난 원피스를 떠올리며 단호하게 말했다.

"나 무지 피곤해."

"너 배고프잖아. 내가 햄버거 사 줄게. 나 지금 정류장 맞은편 햄버거 집에 와 있걸랑. 너 안 오면 나 여기 드러누워서 엉엉 울 거니까 빨랑 와~"

요원K는 내 대답도 듣지 않고 전화를 끊어 버렸다.

"휴……"

한숨밖에 안 나왔다. 햄버거를 사 주면 날 자기 편으로 만들 수 있다고 생각하는 이 친구가 감당이 안 됐다.

난 **요원K**의 얼굴을 보자마자 (다분히 비난 조로) 말했다.

"넌 너무 '얇아'!"

'속이 훤히 비친다'는 뜻으로 한 얘기였지만 **요원K**는 내 말뜻을 잘못 알아들었다.

"얇아? 역시 살이 좀 빠졌지? 나도 그렇게 생각해. 요즘 몸이 훨씬 가뿐해졌거든."

으윽! 웃음도 안 나왔다. 웃는 것조차 피곤했다. 정말 감당 안 되는 친구. 그게 이 친구의 매력이기도 하지만…… 가끔은 그 매력이 날 절망시킨다.

우리는 햄버거 세트 하나를 앞에 두고 마주 앉았다. 나는 허겁지겁 햄버거를 베어 물고 우물거렸다. 시간은 벌써 여덟 시가 훌쩍 넘어 있었다.

요원K가 프렌치프라이를 집어 먹으며 말했다.

"지는 뭐가 그렇게 잘났어? 우리가 착해서 좀 따라 줬더니 아주

지가 대장인 줄 알잖아."

요원K의 입에선 **리더**에 대한 욕이 콸콸 쏟아졌다. 난 대꾸할 가치를 못 느꼈다. 대신에 딴생각을 하기로 했다. 수도꼭지를 열어 놓고 한눈을 팔면 안 되지만 물은 몰라도 욕은 낭비해도 괜찮았다. 나쁜 짓이라는 생각은 눈곱만치도 안 들었다. 지금 **요원K**는 단순히 '화풀이할 곳' 이 필요했고 상대가 나이든, 지나가는 행인이든, 개이든, 벽이든 중요치 않았으니까.

가끔씩 **요원K**가 하던 말을 멈추고 날카로운 목소리로 "너 지금 내 얘기 듣고 있는 거야?" 하고 물으면 나는 대충 "어, 어—" 하고 말았다. **요원K**는 미심쩍어하면서도 제 분을 못 이기고 다시금 욕을 하기 시작했고, 난 다시금 딴생각에 빠져들 수 있었다.

난 아주 재미있는 생각을 하고 있었다.

사람을 옷감에 비유하는 건데 좀 전에 **K**를 '얇다' 고 표현한 데서 아이디어를 얻은 거다.

요원K는 합성 섬유로 만든 얇은 레이스 같았다. 예쁘지만 좀 까끌까끌한. 너무 화려해서 가끔은 부담스러운. 속이 비쳐 신비감이 없는. 상냥하지만 차별하는. 어린아이처럼 순수하면서도 철없는. 그래서 자칫 지저분해질 수도 있는. 그런 레이스…… 여름에 입는 모시도 그럭저럭 잘 어울렸다. 잘 구겨지고 빳빳한 점에서 **요원K**와 많이 닮았기 때문이다. 하지만 **요원K**는 모시처럼 쿨—

하지 못해서 실격. 역시 레이스가 **K**에겐 제격이었다.

난 내 생각이 꽤 재미있다고 생각했다. 난 다른 멤버들에게 어울리는 옷감도 찾아보기로 했다.

'**리더**는 따져 볼 것도 없이 면이지. **리더**가 늘 강조하는 실용성 짱인 직물이 바로 면이니까. 면은 물세탁도 가능하고 삶아 빨 수도 있어. 통기성과 흡습성도 높아. 그래서 여러 가지 용도로 쓰이며 헌신하지. **리더**가 꼭 그래. 솔직하고, 고집이 그리 세지 않으면서도 거침이 없지. 또, 시키지도 않은 일에 나서길 좋아하고 스스로 망가져 가면서까지 사람들을 웃기려고 애쓰잖아. 후훗.'

나도 모르게 킥킥 웃음이 나왔다. 앞으로 메리야스를 볼 때마다 **리더**의 얼굴이 떠오를 것 같았기 때문이다. **요원K**는 내가 **리더**를 비웃은 거라고 착각하고는 뿌듯해하며 더욱 열띠게 **리더**를 욕했다.

난 그런 **K**를 보며 생각했다.

'어어! 열 내지 마, 친구. 자네처럼 합성 섬유로 만든 레이스는 열에 약해서 잘 녹아 버린다구.'

난 새빨갛게 달아오른 **요원K**의 뺨을 보며 쿡쿡 웃었다.

햄버거 집을 나와 버스에 올라탈 때까지도 **요원K**는 **리더**에 대한 험담을 그치지 않고 있었다. 내 생각도 계속되고 있었다.

'**애정과다**는…… 실크 같아. 우아하고 부드러워서 사람들에게 인기가 많지만 너무 잘 삐쳐서 늘 공주처럼 떠받들어 줘야 하지.

실크도 그래. 중성 세제로 조물조물 빨아 주거나 드라이클리닝을 맡겨야 하지. 햇빛에 약해서 말릴 때도 까다로워. 꼭 방충제와 함께 보관해야 하고…… 공이 많이 드는 게 **애정과다**랑 정말 똑같아. 그렇지만 실크보다 **애정과다**가 좋은 점은, 비싸게 굴지 않는다는 거지.'

이제 남은 사람은, **날개옷**.

'**날개옷**…… 글쎄. 워낙 베일에 싸인 인물이라…… 아까도 깨달은 거지만, 그 애와는 옷 이야기 외에 다른 개인적인 얘기를 나누었던 기억이 별로 없어. 그나마 오늘 나눈 대화가 그 동안의 대화 중 가장 대화다운 대화 축에 낀다고 볼 수 있지. 오늘 받은 인상으론, 나일론. 나일론이 왠지 어울리는 것 같아. 탄력이 있어서 근성도 있는. 하지만 물기를 흡수하는 게 서툴러서 건조한. 상처받기 싫어서 가벼운 척하고, 찢어지지 않기 위해 이리저리 잘 늘어나지만 자신이 무얼 원하는지 알지 못하는. 나일론 같은 아이.'

그때 **요원K**의 목소리가 내 속에 가득한 복잡한 생각들을 몰아낼 만큼 크게 들렸다. 나는 측은한 눈빛으로 차창에 비친 내 얼굴을 바라보았다.

'그리고 나는…… 뭘까?'

나는 하얀색 메리야스 위에 파란색 실크 드레스를 덧입고 무릎까지 올라오는 노란색 나일론 양말을 신은 내 모습을 떠올렸다.

거울을 보며 웃어야 할지 울어야 할지 모르고 서 있는데 레이스가 잔뜩 달린 핑크색 모자가 어디선가 날아와 내 머리 위에 착륙한다. 모자는 짓궂게도 턱 아래까지 내 얼굴을 푹 뒤덮었다. 어둡고 숨을 쉴 수 없어서 무서웠다.

내 생각은 여기서 끊기고 말았다. 이젠 도망칠 구멍이 없었다. 무방비 상태로 열려 있는 두 귀로 **K**의 말을 똑똑히 듣는 수밖엔 없었다. 집에 가는 내내 고역일 것이다.

나는 두리번두리번 녀석을 찾았다. 녀석이 내게 숨바꼭질이라도 신청하는 건가 싶어서 손으로 몸을 더듬어 가며 찾아보았지만 녀석은 보이질 않았다. 되짚어 보니 아까부터 보이질 않았다.

'하긴. 녀석도 이 소리가 듣기 싫었던 게지. 녀석은 분명 이 근처 어딘가에 숨어서 귀를 틀어막고 있을 거야. 그나저나 **K**의 화가 오늘 안에 풀리긴 풀릴까?'

그럴 기미는 전혀 보이지 않았다. 차는 막히고 가슴은 견딜 수 없을 만큼 갑갑해졌다. 집에 가는 내내 남의 험담이나 들어야 하는 현실이 가혹했다. 속이 울렁거렸다.

버스에서 내렸을 땐 밤 열 시가 가까워져 있었다. 나는 내 단골 탈의실로 갔다. 버스 정류장 앞 건물 화장실 말이다.

K는 거기까지 따라와서 험담을 늘어놓았다.

나는 가장 끝 칸에 들어가 문을 잠갔다. 어느 샌가 녀석도 따라

들어와 있었다. 하지만 험담은 칸막이를 넘어와 우릴 괴롭혔다. 화장실이어서 그런지 **요원K**의 말소리가 마이크에 대고 말하는 것처럼 울렸다.

바지를 갈아입으려고 허리를 숙이는데 구역질이 나왔다. 아까 먹은 햄버거가 얹힌 것 같았다.

나는 급히 변기 뚜껑을 열고 토했다. 너무 괴로워서 질금질금 눈물이 나왔다.

칸막이 너머에서 나를 걱정하는 **K**의 목소리가 들렸다.

"무슨 소리야? 너 괜찮아?"

나는 괜찮다고 말하고는 변기 물을 내렸다. 토하는 건 정말 최악이었지만 그 덕분에 **K**가 험담을 그쳐서 다행이었다.

옷을 갈아입고 나온 나를 보고 **K**가 웃음을 터뜨렸다.

"푸후훗! 근데 그 블라우스 정말 못 봐 주겠다. 너네 엄마 좀 심한 거 아냐?"

"나도 그렇게 생각해."

나는 힘없이 수긍했다. 나라도 나처럼 옷 입은 애를 보면 웃음이 나올 것 같았다. 아니, 아는 체도 하고 싶지 않을 것이다. 이런 식으로 옷을 입는 사람과는 왠지 대화가 통하지 않을 것 같으니까.

요원K는 그런 애와 얘기도 하고 나란히 걸어 주기도 하는 용기 있는 친구였다. **요원K**의 그런 점만은 높이 사야 할 것이다.

동네까지 걸어가는 동안은 웬일인지 **요원K**가 잠잠했다. 그러다 자신의 집 앞에 거의 다 왔을 때 불쑥 이렇게 물었다.

"너…… 이게 얼마나 귀찮고 어려운 일인지 알지?"

K가 첩보 가방을 빙글 돌렸다. 나는 고개를 끄덕였다.

"늘 고맙게 생각하고 있어."

이런 상황에서 그런 비굴한 고백을 하고 싶진 않았지만 그건 진심이었다.

"그럼, 앞으로 걔랑은 말 안 하겠다고 약속해."

올 것이 왔구나! 나는 조그맣게 대꾸했다.

"그건 좀 힘들어."

"뭐?"

K가 갑자기 우뚝 멈추어 섰다. **K**는 날 매섭게 쏘아보더니 울음 섞인 목소리로 고래고래 소리 질렀다.

"너 어쩜 의리도 없이 그러냐? 우리 우정이 이것밖에 안 됐어? 나는 네 사정을 생각해서 귀찮아도 네 옷을 맡아 줬는데……"

"그건 이 일과 별개의 일이잖아."

그리고 나는 힘주어 말했다.

"억지 부리지 좀 마!"

요원K는 첩보 가방에 든 옷과 오늘 아침 내가 준 립글로스를 꺼내어 아스팔트 바닥에 집어던졌다. 탁! 하고 립글로스 병이 깨지는 소리가 났다.

"이제부터 네 옷은 네가 알아서 해."

요원K는 거친 발걸음으로 집으로 들어가 버렸다.

쫓아가서 붙잡아야 할 것 같았지만 난 지칠 대로 지쳐 있었다. 오늘은 일단 보내기로 했다.

나는 땅에 떨어진 옷을 주섬주섬 주웠다. 한숨만 나왔다.

'후— . 이걸 어떡하지?'

푸른색 새틴 샌들과 배꼽티와 핑크색 원피스와 성인용 속옷, 그리고 **요원K**가 맡기를 거부한 옷들. 보나마나 엄마는 당장 갖다 버리라며 길길이 날뛸 것이다. 그래도 내가 고집을 꺾지 않고 옷을 버리지 않으면 엄만 내가 학교에 가고 없는 사이에 옷을 가위로 찢어서 쓰레기통에 버릴 것이다.

피해망상이 아니었다. 실제로 그런 일이 몇 번 있었다. 거기에 대한 복수로 난 가족 여행 사진에서 내가 나온 부분만 죄다 가위로 오려 내 버린 적이 있다. 사진 속의 나는 엄마 맘에 쏙 드는 옷을 입고 카메라가 아닌 다른 곳을 응시하고 있었다. 애초부터 가족 여행엔 따라가고 싶지 않았었다. 난 구멍이 뻥뻥 뚫린 사진들을 다시 앨범에 고이 끼워 넣었다. 엄마가 그 사진을 보고 뭔가 느끼길 바라면서.

나는 무릎으로 쇼핑백을 툭툭 건드려 빙그르르— 빙그르르—

돌리며 집으로 향했다. 애써 쇼핑한 물건들이 재활용 의류함에 버려질 것을 생각하자 부르르 몸이 떨렸다. 무슨 일이 있어도 **K**와 화해해야 했다. **K**는 나의 요원으로 돌아와야 했다.

그리고 **K**와 **리더**도 화해해야 했다. 난 우리 쇼핑 멤버가 해체되는 게 끔찍이도 싫다. 그룹으로 활동하다가 혼자 떨어져 나온 가수들을 보면 왠지 초라해 보인다고 생각했었다. 난 우리 멤버 하나하나가 초라해지는 걸 원치 않는다. 한 학기가 거의 끝나 가는 지금 이 시점에서 다른 패거리에 끼는 건 결코 만만치 않은 일일 것이다. 그건 **리더**와 **K**도 잘 아는 사실일 것이다.

'내일 학교에서 화해하라고 설득해 봐야지……'

그때 **리더**에게서 문자가 왔다.

리더는 내가 지금 **K**와 함께 있느냐고 묻고 있었다. 내가 방금 전에 헤어졌다고 답장을 보내자 **리더**가 다시 물었다.

—걔가 나에 대해서 뭐래?

나는 뭐라고 답을 해야 할지 몰라 망설였다. '내가 알 게 뭐냐?'고 되묻고 싶었지만 타이밍을 놓치고 말았다. 다시 문자가 왔다.

—걔가 나 씹었구나? 어쩨 기분이 너덜너덜하더라니. ㅠ.ㅠ 뭐라 그러던?

이런 식으로 추궁당하는 건 정말 싫다. 나는 대답 대신 이모티콘 하나만 달랑 보냈다.

— ^^;

얘기해 달라고 막무가내로 조르면 어쩌나 걱정했는데 다행히 **리더**는 그러지 않았다.

—가운데 껴서 난처했겠네…… 넌 듣기만 했겠지?

신경이 곤두섰다. 두 아이가 화해할 때까지 말 한 마디 한 마디가 신경 쓰일 것이다. 난 일단 눈앞의 위기를 모면해 보기로 했다.

—응. 난 남 욕하는 거에 호응 안 한다구. d(-_-)b

—땡큐~ ^.*

후유—. 한 고비는 넘긴 셈이다.

그런데 가슴이 꽉 막힌 것처럼 답답한 건 왜지?

10

끝으로,
기분이 울적할 땐 세일러문 놀이를……

마침내 우리 집 앞을 맞닥뜨렸을 때 난 끝도 없이 우울해졌다.

집 앞에서 난 세포 분열을 했다. 내 몸이 둘로, 셋으로, 넷으로…… 나뉘는 느낌. 썩 좋지 않은 느낌이다.

'내일은 뭘 입지?'

나를 마주하고 진지하게 묻고 싶었다. 하지만 어느 게 진짜 나일까. 나는 잘디잘게 조각난 나 자신을 가만히 내려다본다. 녀석도 가만히 내려다본다.

나는 녀석이 그걸 보는 것이 부끄러워 변명처럼 중얼댔다.

"뭐, 꼭 한 가지 컨셉을 유지하며 살 필요는 없겠지. 그냥 필(feel)이 꽂히는 대로, 그러나 결국은 사람들이 내게 바라는 대로 날 갈아입으며 사는 거야. 생존을 위한 카멜레온의 변신처럼. 결코 겉멋은 아니겠지."

나는 확신이 서지 않아 마지막 말을 의문형으로 고쳐 말했다.

"아니겠지?"

녀석은 대답이 없었다.

나는 하늘을 올려다보았다. 부드러운 하늘에 별들이 반짝이고 있었다. 검은 벨벳에 박힌 큐빅처럼. 그 벨벳 한가운데 브로치처럼 꽂혀 있던 달이 '찌잉' 하고 푸른 빔을 쏘았다. 빔은 땅으로 내려와 내 이마에 콕 박혔다. 이마가 따끔했다. 순간 내 몸이 투명해지는 듯한 착각이 일었다. 눈부신 광채가 내 몸에서 뿜어져 나오는 걸 느낄 수 있었다.

나는 세일러문이 악의 무리를 공격할 때 쓰는 주문을 외웠다.

"달빛의 요정이여, 빛으로 야!"

나는 제자리에서 빙글 돌아 손가락으로 총을 쏘는 시늉을 했다. 전봇대 밑에서 꼭 붙어 있는 연인들을 겨냥했다. 녀석도 나를 따라 했다.

"문 크리스탈 파워, 빛으로 야!"

연인들은 나를 흘끔거리며 빠른 걸음으로 내 곁을 지나쳐 갔다. 그들이 멀어지면서 킬킬대는 소리가 들렸다. 나는 거기에 아랑곳않고 더욱더 오버하며 주문을 읊어 댔다.

"문 프리즘 파워 메이크업! 문 파워 액션! 하트 액션!……"

녀석도 연방 주문을 날렸다.

개와 함께 운동을 나온 나이 지긋한 할아버지가 나를 보고 고개를 절레절레 흔들며 혀를 찼다.

나는 실없는 웃음소리를 흩뿌리며 우리 집을 올려다보았다. 거실에서 텔레비전 불빛이 어른어른 흘러나왔다. 누군가 아직 깨어 있는 듯했다. 베란다에 빨래가 걸려 있는 것이 보였다. 그 중엔 내일 입을 내 교복도 있을 것이다.

나는 집 앞 보도블록 위에 주저앉았다. 텔레비전 불빛이 꺼지길 기다리기로 했다. 녀석도 내 옆에 다가와 앉았다.

날씨가 제법 쌀쌀했다. 나는 무릎 위에 가지런히 올려놓았던 쇼핑백을 꼭 끌어안았다.

이대로 얼마나 더 앉아 있다가 집에 들어가야 이 옷들이 무사할지 알 수 없었다. 무언가 조금 뒤바뀐, 혹은 틀어진 날이 앞으로 얼마나 계속될지도, 녀석이 언제까지 내 옆을 지키고 앉아 있어 줄지도 알 수 없었다.

지금 내가 알 수 있는 건, 하늘이 왠지 허전해 보인다는 것뿐이었다. 그리고 너무 피곤하다는 것도……

녀석이 내 옆에서 하품을 했다.

작가의 말

어느 날 아침 임태희 씨에게 생긴 일

아직도 '옷을 입는다' 고 말하는 사람이 있나? 혹시 당신이 그렇다고? 진심으로 충고하건대 무사하고 싶다면 당장 말버릇부터 고치길. 콧대 높은 옷들이 활개 치는 요즘 같은 세상에 그런 말을 함부로 지껄였다간 된통 당하는 수가 있으니까. 누구에게? 옷들에게! 바로 임태희 씨의 사례처럼 말이다.

석 달쯤 전이었나? 임태희 씨는 오랜만에 외출을 결심하고 옷장 문을 연다. 그때 임태희 씨의 입에서 튀어나온 말은 다음과 같았다.

"어째 입을 만한 옷이 하나도 없네!"

무심결에 내뱉은, 어느 무명 작가의, 전혀 악의 없는 말 한 마디에 옷장 속에선 한바탕 난리가 났다.

섬세하고 여린 블라우스는 상처를 입었고, 감수성 예민한 청재킷은 앞섶에 얌전히 달린 금속 단추들을 짤짤 흔들어 대며 치를 떨었으며, 어떤 일이 있어도 침착함과 여성스러움을 잃지 않던 에이라인 치마는 속에 바람을 빵빵하게 불어넣고 항아리처럼 몸을 부풀려 불만을 표현했다. 게다가 성깔이 꼭 바지 같은 바지는 분을 이기지 못하고 옷장 벽에다 발길질을 해댔다.

급기야 그들은 똘똘 뭉쳐서 덤볐다.

"뭐? 입을 만한 옷이 없다고? 어디 옷 사러 한번 나가 봐라. 그런 말이 나오나."

임태희 씨는 이것들이 대체 뭘 믿고 이러나 의아할 뿐이었다.

"오냐, 내 당장 나가서 너희보다 훠얼— 씬 멋지고 근사하고 세련된 옷들을 사 오마. 흥! 두고 봐."

임태희 씨는 오만방자한 옷들의 코를 **납작**하게 만들어 주고 싶었다.('납작'만 두껍게 쓴 건 임태희 씨가 얼마나 간절히 원했는지를 보여주기 위해서다.) 그랬으면 얼마나 통쾌했을까.

하지만 현실은 가혹했다. 옷가게 옷들이 임태희 씨만 쏙 빼놓고 단체로 다이어트를 한 게 틀림없었다. 도대체가 옷에 몸이 들어가지를 않았으니.

임태희 씨는 잔머리를 열심히 굴려 보았으나 별 소득이 없었다. 결국 다시 자신의 옷장 앞으로 돌아와 밑도 끝도 없이 비굴해졌다.

"이봐들, 내겐 역시 너희들밖에 없어."

옷들은 선심을 베풀듯 낭랑한 목소리로 집 나갔다 돌아온 임태희 씨를 타이른다.

"우리니까 너 같은 인간도 입어 주는 거야. 우리가 조금만 까다로웠어도 어림없지."

임태희 씨가 파리처럼 손바닥을 싹싹 비비며 굽실거린다.

"암요, 여부가 있겠습니까요. 하하하."

그 뒤로 임태희 씨는 특별한 까닭도 없이 시름시름 앓았다. 벽을 보며 헛소리를 마구 쏟아 내기도 했다.

"아이고내가울화통이울컥울컥터지고열불이불쑥불쑥나서못견디겠다어쩌구저쩌구중얼중얼……"

병세는 나날이 깊어졌다.

지푸라기라도 잡는 심정으로 대한민국 서울시 마포구 성산동에서 일곱 번째로 용하다는 의사를 찾아가 증상을 토로하니 하는 말.

"보름 동안 집에 콕 틀어박혀서 글만 쓰시오. 어떻게 하면 당신이 처한 웃지 못할 상황을 사람들에게 알릴까 심각하게 궁리하면서."

의사는 이런 말도 덧붙였다.

"글을 쓰면서 이것저것 닥치는 대로 먹는 것도 잊어선 안 되오."

임태희 씨는 의사의 말에 충실히 따랐다.

이리하여 임태희 씨는 짤막한 소설 한 편을 완성할 수 있었으니, 그것이 바로 『옷이 나를 입은 어느 날』이라나 뭐라나.

임태희 씨에게 끝으로 하고 싶은 말이 없는지 물었다.

그의 대답은 간단 · 명료 · 불친절했다.

"아, 글쎄, 옷이 나를 입었다니까 그러네!"

2006년 가을,

일 주일 넘게 입고 뒹군

헐랭이바지(허리에는 고무줄이 신나게 들어가 있다)와

슬슬 냄새가 나기 시작한

볼품없는 티셔츠(목 부분이 즐겁게 늘어나 있다)를 걸친

시대착오적인 몸매의 소유자이자

골방 패션의 선두 주자

임태희